共和国的历程

炮声轰鸣

中国礼仪炮兵的成长历程

刘 亮 编写

蓝天出版社 吉林出版集团有限责任公司

图书在版编目（CIP）数据

炮声轰鸣：中国礼仪炮兵的成长历程／刘亮编写
—北京：蓝天出版社，2014.10（2023.3重印）
（共和国的历程）
ISBN 978-7-5094-1248-0

Ⅰ．①炮… Ⅱ．①刘… Ⅲ．①革命故事－作品集－中国－当代 Ⅳ．①I247.8

中国版本图书馆 CIP 数据核字（2014）第 232644 号

炮声轰鸣——中国礼仪炮兵的成长历程
编　　写：刘　亮
策　　划：金永吉　荆忠峰
责任编辑：孔庆春　王燕燕
出版发行：蓝天出版社　吉林出版集团有限责任公司
地　　址：北京市复兴路 14 号
邮　　编：100843
电　　话：010—66983715
经　　销：全国新华书店
印　　刷：北京楠海印刷厂
开　　本：710mm×1000mm　1/16
字　　数：69 千
印　　张：8
版　　次：2016 年 3 月第 1 版
印　　次：2023 年 3 月第 3 次
定　　价：29.80 元

前　言

　　中华人民共和国自1949年10月1日成立以来，已走过了六十多年的风雨历程。历史是一面镜子，我们可以从多视角、多侧面对其进行解读。然而有一点是可以肯定的，那就是，半个多世纪以来，在中国共产党的领导下，中国的政治、经济、军事、外交、文化、教育、科技、社会、民生等领域，都发生了深刻的变化，中国人民站起来了，中华民族已屹立于世界民族之林。

　　这段时间放到整个历史长河中是短暂的，有如弹指一挥间，但它带给中国的却是极不平凡的。六十多年里神州大地经历了沧桑巨变。从开国大典到60年国庆盛典，从经济战线上的三大战役到经济总量居世界前列，从对农业、手工业、资本主义工商业的三大改造到社会主义市场经济体制的基本确立，从宜将剩勇追穷寇到建立了强大的国防军，从废除一切不平等条约到独立自主的和平外交政策，从"双百"方针到体制改革后的文化事业欣欣向荣，从扫除文盲到实施科教兴国战略建设新型国家，从翻身解放到实现小康社会，凡此种种，中国人民在每个领域无不留下发展的足迹，写就不朽的诗篇。

　　六十几年在历史的长河中犹如沧海一粟，但对身处其间的个人却是并非无足轻重的。其间究竟发生了些什么，怎样发生的，过程怎样，结果如何，非人人都清楚知道的。对此，亲身经历者或可鲜活如昨，但对后来者却可能只是一个概念，对某段历史的记忆影像或不存在或是模糊的。基于此，为了让年轻人，特别是青少年永远铭记共和国这段不朽的历史，我们推出了这套《共和国的历程》。

《共和国的历程》虽为故事形式，但与戏说无关，我们是想借助通俗、富于感染力的文字记录这段历史。这套丛书汇集了在共和国历史上具有深刻影响的重大历史事件。在丛书的谋篇布局上，我们尽量选取各个时代具有代表性的或深具普遍意义的若干事件加以叙述，使其能反映共和国发展的全景和脉络。为了使题目的设置不至于因大而空，我们着眼于每一重大历史事件的缘起、过程、结局、时间、地点、人物等，抓住点滴和些许小事，力求通透。

历史是复杂的，事态的发展因素也是多方面的。由于叙述者的视角、文化构成不同，对事件的认知或有不足，但这不会影响我们对整个历史事件的判断和思考，至于它能否清晰地表达出我们编辑这套书的本意，那只能交给读者去评判了。

这套丛书可谓是一部书写红色记忆的读物，它对于了解共和国的历史、中国共产党的英明领导和中国人民的伟大实践都是不可或缺的。同时，这套丛书又是一套普及性读物，既针对重点阅读人群，也适宜在全民中推广。相信它必将在我国开展的全民阅读活动中发挥大的作用，成为装备中小学图书馆、农家书屋、社区书屋、机关及企事业单位职工图书室、连队图书室等的重点选择对象。

编　者
2014 年 1 月

目 录

一、 礼炮部队诞生

● 鸣放礼炮时，晴空之中下起阵雨。炮声消失后，阵雨戛然而止。老百姓说："这是天意！"

● 28 响礼炮，就是 28 年党史的礼赞。

● 为了防止火药散落，卸掉弹头的炮弹口已经用油纸包裹得严严实实。礼炮手们把炮弹擦了一遍又一遍，整齐地摆放在山炮的后侧。

开国大典鸣响第一炮

1949 年 10 月 1 日下午，隆重的开国大典仪式正式在新中国的首都北京天安门广场举行。

在天安门城楼下，108 门山炮背靠天安门自西向东一字排开，炮口向南。

这是新中国第一支执行鸣放礼炮任务的部队，在这举世瞩目的时刻，他们将鸣放 28 响礼炮，用惊天动地的炮声庆祝新中国的诞生。

在此前的 8 月中旬，华北军区特种兵司令员高存信向军区新组建的礼炮团传达了华北军区司令员聂荣臻的指示：

> 开国庆典定在 10 月 1 日午后举行，庆典的第一项是奏国歌、升国旗、鸣礼炮；礼炮要有 54 门，代表政协的 54 个方面的人士；鸣放礼炮 28 响，代表中国共产党领导中国人民革命斗争 28 年取得胜利。这是毛主席亲自定的，一定要很好地完成任务。礼炮团由华北特种兵部队组成。

礼炮团由华北军区特种兵副参谋长赵大满任总指挥，

战车团参谋长韩怀志任现场指挥。赵大满和韩怀志上任后，第一件事就是要从我军的山炮、野战炮、榴弹炮、高射炮等各种火炮中选择礼炮。

经比较，山炮的炮管长度适中，作为礼炮最合适。于是，从张家口等地调来 108 门山炮作为开国大典的礼炮。这些礼炮主要是缴获日军的 75 毫米九四式山炮，还有山西兵工厂仿日本山炮制造的 75 毫米一四式山炮。日军 75 毫米九四式山炮炮身长 1560 毫米，弹丸重 6.34 千克，射程 8300 米，全炮重 536 千克。

该炮重量较轻，便于分解驮运，而且射程较远，设计得比较成功，主要装备日军步兵旅团与步兵师团的山炮兵部队与独立山炮兵联队，用于山地复杂地形作战。在抗日战争中被我军民大量缴获，现在正好作为开国大典的礼炮使用。

1949 年 9 月 21 日，中国人民政治协商会议第一届全体会议就在 54 响礼炮声中隆重召开了。

鸣放礼炮时，晴空之中下起阵雨。炮声消失后，阵雨戛然而止。老百姓说："这是天意！"

54 响礼炮之后，毛泽东庄严宣布：

占人类总数四分之一的中国人从此站起来了！

54 响礼炮还有一个意义，它标志着中国人民解放军

礼炮部队诞生

礼炮部队从此诞生了。

在中国人民政治协商会议第一届会议上，毛泽东提议，开国大典时鸣放 28 响礼炮。

有的会议代表对鸣放 28 响礼炮提出了疑问。因为国际上是有惯例在先的：国家重大庆典和迎接外国元首来访，鸣放 21 响；迎接外国政府首脑来访，鸣放 19 响。

这个国际惯例产生于 400 多年前的英国。

当时，英国海军与其他国家的海军在海上相遇时，首先鸣放空炮表示没有敌意，其他国家的海军也开始效仿。后来，这个举动被多个国家采纳，就在国际条约中规定了下来。

在国际条约中，鸣放空炮的礼仪有了发展。不仅相遇时军舰要相互鸣放礼炮，还要悬挂相应的旗帜。来航的外国军舰要悬挂入港地的国旗，入港地的军官要向来航军舰鸣炮还礼。

如果军舰上有该国的元首或政府首脑、使节等，入港地的军官应首先鸣放礼炮，这时来航的外国军舰可以不进行答谢，即不鸣放礼炮回敬。

从前的军舰排水量小，舰上装备最多不超过 7 门炮，而且是后膛炮。开炮的时候，炮弹和药包都要从炮口填装，用火把点燃炮身上的导火索。不仅放起来非常费事，而且只能一门跟一门放，即使麻烦地把所有的炮都放完，也最多是 7 响。

而对方港口的炮台上，炮的数量较多，一般都鸣放

21 响，以 3 倍于对方答谢，表示热烈欢迎。

久而久之，就形成了 21 响礼炮的惯例，并成为国际通例。这个通例不仅限于海军舰只进港时用，而且是各种盛大的庆祝场合和迎宾场合经常用的一种礼仪。

各国鸣放礼炮的通例规则大致是：国家重大庆典活动和迎接外国元首来访，在欢迎仪式上都鸣放 21 响礼炮，迎接外国总理级官员来访鸣放 19 响礼炮，总理级以下官员来访，一般不鸣放礼炮。

鸣放 21 响是国际上早已通行的最高礼仪，我们为什么要鸣放 28 响呢？

在 1949 年建国前的一次会议休息时，毛泽东找到了被聂荣臻誉为才子的、在政协一届会议筹委会工作的华北军区作训处处长唐永剑说：

"小唐，你起草个报告。"

"是，主席，您请讲。"

毛泽东用深邃的目光凝视着唐永剑，说："你起草一个关于礼炮 28 响的说明。"

唐永剑立正回答："是！"转身回到办公室开始构思。

"28 响，有什么含义呢？"唐永剑握着笔沉思，眼前又浮现出毛泽东深邃智慧的双眼。

沉思良久，唐永剑突然想起，中国共产党从成立到 1949 年，刚刚 28 年。

正是有了这 28 年艰苦卓绝的斗争，才迎来了中华人民共和国的建立。28 响礼炮，就是 28 年党史的礼赞。

礼炮部队诞生

很快，这份简明扼要的报告由毛泽东用铅笔签名并转发。

开国大典鸣放的礼炮要比政协会议的礼炮规模大，为此，中央军委决定专门成立一支礼炮鸣放部队。

原第五机械工业部副部长韩怀志曾担任开国大典礼炮队现场指挥。他在回忆礼炮队组建和开国大典前的情况时说：

1949年秋天，我在华北军区特种兵所属的战车团任参谋长，为参加开国大典的阅兵式，我团抽调部分日式坦克和装甲车在丰台参加训练。

9月中旬的一天，特种兵司令员高存信和参谋长李健把我叫去交代任务："10月1日开国大典，要鸣放礼炮，由特种兵组成一个礼炮团，抽一名老的炮兵干部担任礼炮团的总指挥，决定由你负责担负此项任务。"

当日下午，我赶到庆王府华北军区司令部，正遇上唐延杰参谋长……

9月下旬，抽调的火炮和参加人员已经全部到齐，因为当时没有专门的礼炮，全部是我到部队抽调的一色山炮。炮手都是排、连、营干部，其中还有战斗英雄。

礼炮训练的关键是如何把炮放齐。限于当

时的条件，没有电钮操纵，由我统一喊"预备
——放！"然后，各炮拉火。因为 54 门炮一字
排开，约 200 米长，由我站在中间发令。几天
下来，我的嗓子都喊哑了，两头的炮手听不清
楚了。

9 月 28 日晚，我们进行试放，炮阵地设在
天安门东南角公安部大门以西，54 门炮一字排
开，按要求奏国歌和鸣放礼炮同时开始。国歌
奏完，28 发礼炮放完。大约每隔 3 到 4 秒一发，
放了五六发后，隆隆的炮声加上烟雾弥漫，炮
手已经听不清我的口令了，无法保证继续放齐。

经大家研究，最后决定在指挥台中间用几
张大方桌摞起，我站在桌子上，手持大红旗高
高地举起，喊"放"时，红旗落下。炮手看到
红旗落下，马上拉火。这样又练了两天。

10 月 1 日早 6 时前，我们礼炮团全部到位，
礼炮团以西紧邻军乐团。

早上 8 时左右，聂荣臻司令员由杨成武同
志陪同来到我们炮阵地。

聂司令员问了我一些训练情况和 28 日晚上
试放的情况后对我说："这 54 门礼炮和齐鸣 28
响是毛主席亲自定的，你一定要放整齐，可不
能给我放得噼里啪啦。"

我们向聂司令员保证一定完成任务。

山西省新绛县南礼乡吉村的冯福祥曾是开国大典时的礼炮队员，在回忆共和国首支礼炮队的成立过程时，他说：

1949年8月，开国大典的准备工作正在紧张进行。按照议程安排，要鸣放礼炮。上级决定由华北部队的炮兵组建一支礼炮部队，在开国大典上鸣放礼炮。这是举世瞩目的事情，对礼炮队员的挑选十分严格。

被挑选的队员必须政治上可靠，本人表现好，技术又很精湛。我是抗日战争时期的老炮兵，在抗大六分校炮科学习过，曾用7发炮弹击毁日军3座水泥碉堡，立过大小战功十余次，时任排长，我被选中了。

礼炮队和其他参加开国大典的部队一道，集中在北京北苑训练，全队三四百人。

当时，华北部队的火炮都是从敌人手中缴获来的，炮种较多，有美式的、德式的、法式的、苏式的，还有中式的。上级决定用中式的山炮。因为这是一种步兵伴随火炮，使用方便。

为了安全起见，上级决定鸣炮前弹头全部去掉，留下炸药。这样，会发出响声，但不会伤人。

选中山炮是因为山炮是火炮家族中的小弟弟，选它做礼炮，完全是因为它的小巧，便于搬运。山炮炮身短、重量轻，因适应山地作战而得名。

选中山炮还有一个原因，它炮身短，弹道弯曲，因此射程近。尽管作为礼炮的炮弹都卸去了弹头，只响不炸。但是为了保险起见，短射程的安全系数更大一些。

礼炮队有110门山炮，庆典准备上108门，其余的备用。108门炮分成两组，每组54门。

当时对礼炮队非常重视。朱德总司令、周恩来总理、聂荣臻司令员曾几次到礼炮队检查训练情况，鼓励我们精心准备，要求我们做到万无一失。

尽管礼炮队员都是从战火中过来的炮兵老战士，但是鸣放礼炮，尤其是在这样举世瞩目的盛大庆典上鸣放礼炮，还是第一次。每组54门礼炮，从装填到拉火发射，都要通过手工操作，达到整齐划一，难度是很大的。

我们每天头顶晨星训练，日落西山归营，练装填，练瞄准，手上伤痕累累，经常跪地的膝盖结起厚厚的一层茧。

为了达到要求，我们对每个动作、每个环节都精心设计、安排。每门礼炮发射炮弹从最

礼炮部队诞生

初每分钟 5 发，提高到了每分钟 15 发。

我们当时只有一个念头：万无一失地完成开国大典礼炮鸣放任务！

开国大典那天，我们胜利地完成了任务。直到那时，我们才松了口气。

新中国成立之初，共和国面临着百废待兴的局面，一时还顾不到礼仪队伍的建设，只在国家举行盛大庆典时才临时抽调部队鸣放礼炮。在迎宾礼仪中，则只用三军仪仗队和军乐团。

冯福祥回忆说：

开始时，中央警卫师师长曾绍东将组建礼炮连的任务交给了某团，可是因为该团警卫任务太重，抽不出人员，又考虑到礼炮连配属仪仗队统一使用，于是，曾师长决定将组建礼炮连的任务交给仪仗营。

仪仗营营长王立堂当场表态："交给我们，我们一定搞好！"

听说某军的一个团在开国大典时曾经执行过鸣放礼炮任务，上级机关特地将这个团熟悉业务的牛茂林等调进仪仗营，礼炮连连长由牛茂林担任，另有 3 名排长和 24 名炮手，也全部从这支部队抽调。

由于礼炮连在个头、身材、长相等方面的要求不像仪仗连那样苛刻，他们又从师里、仪仗营其他连抽调出几十人，组成了礼炮连。同年 7 月 31 日，仪仗营召开礼炮连成立大会，师长曾绍东和副政委杜泽洲出席了大会。会上宣布 8 月 1 日为礼炮连的成立日。

王立堂在回忆当时的情景时说：

我操枪弄炮几十年，可从来没摆弄过礼炮。礼仪场上无小事，头一次指挥礼炮，好紧张啊！怕弹药受潮，大家把大衣盖在弹药箱上。结果还不错，21 响礼炮放得挺齐，头一炮就打响了！

经过一番筹备，礼炮队做好了为开国大典鸣放礼炮的一切准备。

为了防止火药散落，卸掉弹头的炮弹口已经用油纸包裹得严严实实。礼炮手们把炮弹擦了一遍又一遍，整齐地摆放在山炮的后侧。

礼炮手们面前，汇集了 30 万军民的天安门广场，已经成了花的海洋，红旗的海洋，欢乐的海洋。

举世瞩目的时刻来到了。

15 时 55 分，毛泽东、朱德、刘少奇、周恩来等领导同志，迎着灿烂的阳光，登上了天安门城楼。

礼炮部队诞生

开国大典仪式正式开始。不一会儿，电话里传来了命令："鸣放礼炮！"

礼炮手们立即发射礼炮。

108 门山炮分成两组，一组发射，一组装填。54 位装填手靠手工整齐划一地在一秒多的时间里完成装填。54 位炮手拉火手则以统一的动作拉火。

当毛泽东亲自按下电钮，第一面五星红旗在天安门广场上冉冉升起的时候，第一声礼炮响彻长空。炮声震天撼地，向全世界宣告：

新中国诞生了！

两分半钟后，五星红旗升到旗杆顶端，第二十八响礼炮刚好结束。没有漏响，没有哑炮，没有前后炮声不统一。共和国的领袖、民主人士、受阅部队、首都市民，无不为这惊天动地、万无一失的礼炮声惊叹。

中央决定重新组建礼炮队

随着我国对外交往的日益增多，礼炮越来越显得必不可少。经过周恩来提议，1963 年 8 月 1 日，中国人民解放军礼炮连在北京南苑正式成立，编制在北京卫戍区警卫师序列中。

开国大典以后，在共和国成立 5 周年和 10 周年时，都鸣放了礼炮，但到了 1966 年，鸣放礼炮的仪式又取消了。

1984 年 2 月 28 日，中央军委等有关部门要求重新组建礼炮队。

之所以说重新组建，是因为在建国初期，我国就有过一支承担鸣放礼炮任务的部队。更重要的是，改革开放后，为了适应我国国际交往日益频繁的需要，同时，也为了展示中华民族礼仪之邦的风貌，国家决定把一度中断的鸣放礼炮仪式，重新恢复起来。并把这样一个庄严而神圣的任务，交给了武警北京总队十一支队一中队。

这个中队是一支具有光荣传统的部队。

1937 年 11 月，中国北部已是秋尽冬至，在冀中平原这片后来曾以"地道战"、"地雷战"让侵略者头痛的土地上，一支普普通通的地方部队，独立肃宁大队在河北小城肃宁组建。这支普通的部队，就是"共和国礼炮部队"的前身。

礼炮部队诞生

1938 年 5 月，独立肃宁大队在人民自卫军编成内与河北游击军合编为八路军第三纵队兼冀中军区，吕正操任纵队和军区司令员。

"非常危险，非常艰难，非常不易。"谈起抗战的岁月，吕正操，这位开国上将接连用了 3 个"非常"来回忆，"每天晚上都要行军百十里，最多时一天打过 5 仗。仅在 1942 年的'五一'反扫荡中，冀中部队就作战 272 次，虽然取得了击毙击伤日伪军一万一千多人的战果，但部队却付出了损失近万人的代价，被杀害、抓走的群众达五六万人。"

吕正操本人也曾被日军死死围困，最后是趁着敌人打出照明弹的瞬间，迎着华北驻屯军司令冈村宁次的"扫荡"部队正面冲锋，趁敌人一时惊呆的机会才突出重围。

12 年的战斗历程中，这支从河北小城中走出的地方部队参加了不计其数的战斗：凤凰堡伏击战，攻克肃宁城，智取新安城，大同攻坚战，解放太原、清风店、徐水、石家庄……战争的烽火，烈士的鲜血，在这支部队的历史上留下了难以抹去的战斗印记。

战火硝烟中，独立肃宁大队经历大大小小近 10 次整编重组，每一次整编都是这支队伍浴火重生的洗礼。

在武警北京总队十一支队一中队的队史中，有这样的记录：

1938 年 4 月，独立大队与河北游击军合编为八路军第三纵队。

1940 年 11 月，部队整编入华中野战军。

1946 年 3 月，部队改编为晋察冀三纵队野战十三旅三十九团。

……

1949 年 2 月，这支部队有了新的番号——中国人民解放军六十三军一八八师五六四团。

这支部队从诞生之日起就屡立战功，参加了抗美援朝战斗中的出国第一仗，又参加了第五次战役，并打出了威名。

1951 年 5 月，在麻田里南山战斗中，这支部队英勇击溃了英国皇家军二十九旅的疯狂反扑。

这场恶仗打了整整 4 天，敌人集中炮群对我军驻守的阵地轮番炮击，山头被削去一米多，阵地变成了一片焦土。而敌人也付出了惨痛代价，伤亡近 400 人。

这支部队的英勇战斗胜利地掩护了全师部队的转移，战后一个英雄连队荣获了"大功连"称号。

1984 年 3 月 2 日，中国外交部新闻发言人宣布：

中国政府将在迎宾仪式上，恢复中断多年的礼炮鸣放仪式。

3 月 24 日要为来访的外国政要鸣放礼炮。

礼炮部队诞生

打响迎宾鸣放第一炮

礼炮中队操炮训练了 10 天后，便开始训练迎宾礼仪。这对战士们的军姿提出了更加严格的要求，不仅身形要正，而且操炮时不能低头看炮，只能用余光观察。这让许多战士夹伤了手指。

在正式鸣放前，他们进行了预演。

有了这次预演，战士们心里都有了底，再也不害怕了，训练成绩节节攀升。

1984 年 3 月 24 日这一天，对于礼炮中队的干部战士来说是个极不寻常的日子。上级命令，无论困难多么大，在迎接日本首相中曾根康弘的仪式上，必须把礼炮打响打好。这是中队接受任务后的第一炮。

按照规定，礼炮中队从北京南苑出发，分乘 4 辆卡车，一辆卡车上装两门炮，站 6 个战士，一面 3 个。

把炮抬上卡车不是一件容易的事情，为此他们专门做了装卸的梯架子。

礼炮直接拉到天安门广场。

在天安门广场上，中国政府为日本首相中曾根康弘举行隆重的欢迎仪式。

华灯灯杆上飘扬着中日两国的国旗，中国人民解放军三军仪仗队傲然挺立。8 门礼炮整齐地排列在人民大会堂东门外广场上，礼炮兵们身着崭新的礼服，等待历史的一刻。

指挥车上，中队长张道海负责下达鸣放口令，支队长亲自打旗，公安部、外交部的领导都在现场督阵，气氛异常紧张。

当两国领导人通过红地毯，走上迎宾台时，两国国歌相继奏响。

"轰隆隆！"

"轰隆隆！"

只见蓝天白云下，8门礼炮交替鸣放，成功啦！第一炮打响啦！

武警礼炮兵们打响了震耳欲聋的迎宾礼炮，揭开了共和国礼仪史上新的一页。

任务完成后，在场的干部战士们都流下了激动的热泪。外交部的领导连声称赞："没想到训练时间这么短，能打得这样好，太谢谢你们了！"

日本首相中曾根康弘伸出大拇指赞扬说："中国的礼炮打得真好，把我的五脏六腑都震荡了。"

当那隆隆的礼炮声在共和国上空回响，在外宾的心中震荡之时，礼炮中队指导员于志加的家中却举行了一个"没有新郎的婚礼"，新婚妻子独自度过了寂寞的"洞房花烛夜"。

礼炮鸣放成功，礼炮中队当天中午会餐庆祝，激动的心情难以述说。

改革开放后的第一声礼炮

1984 年的国庆大典，是中国改革开放后的第一次国庆大典，是礼炮中队组建后第一次鸣放庆典礼炮。为此，礼炮中队集中了 100 门礼炮实施鸣放。

为完成好首次鸣放庆典礼炮的任务，礼炮中队的官兵们进行了艰苦的训练。

训练场上，他们站起跪下，在每一门礼炮前跪出了一个深深的坑；开栓填弹，手掌上磨出了血泡。为练退位，他们在每一门礼炮前都留下了一条 8 米长的脚印，而且是血迹斑斑。

班长吴长学的膝关节肿胀，疼痛难忍，晚上上床都需要战友把他抬上去，可就是不肯下训练场。

战士阎杰的脚肿得穿不上鞋，卫生队让他必须住院治疗，可他却说："为了共和国的生日鸣放礼炮，这点罪算什么。"

庆典前，为防止出现事故，广场四周 3 公里以内的群众全部撤走。礼炮虽然没有杀伤力，但它的响声却可能造成意外的损失。

在中曾根访华时，礼炮的炮口朝东，正对着历史博物馆正门。礼炮的第一声就把历史博物馆的几块窗玻璃震碎了。

1984 年 10 月 1 日 10 时整，100 门礼炮准时打响。300 名炮手排成一列威武的长龙阵。

　　鸣放时，阵地上腾起滚滚浓烟，弥漫了炮阵地。大地在颤抖，广场在沸腾。厚重的礼炮声带着喜悦与欢乐在天空中激荡。

　　迎宾礼炮是两门一起鸣放，而庆典礼炮是 50 门一响，其声音震天动地。

　　礼炮的声音达到 200 多分贝，远远超出了正常的 80 分贝。

　　礼炮打到第三响的时候，突然发生了一件想不到的事：

　　一门礼炮由于机针打火装置漏电，装填炮弹后不等统一按电钮鸣放，就自动打响了。

　　与 50 门礼炮一起鸣放的声音相比，一门礼炮的声音听起来就像摔了一个泥罐一样。

　　周围的人都被剧烈的礼炮声震聋了，根本听不到这不和谐的"敲边鼓"，就连放礼炮的战士也不知道。

　　战士装填了一发炮弹后，又装填第二发。礼炮仍是不等统一鸣放，率先响了。

　　这时候，工程师吴疆已经发现了问题的严重性，急得不知如何处理。

　　站在他身边的大队长魏哲也发现了问题，马上扯着喉咙高声喊起来："3 号炮位停止装弹！"

　　炮手这才发现，队长因为着急，脸已经有些变形

礼炮部队诞生

了……

在建国 35 周年的大典中，两组礼炮各 50 门一响，实际上有一组的后 25 响，只有 49 门礼炮一起鸣放。但少了一门礼炮并不影响整体效果。

当 28 响礼炮鸣放结束后，指挥员便举起手中的扩音喇叭喊道："全体起立，撤离炮位！"

可是，不少战士仍然跪在炮位上，纹丝不动。指挥员又接连喊了几声，炮手张红林、郑伟、魏京福等还是一动不动，宛若一尊尊青铜色的雕像。

原来，这些战士的耳朵都已失去听觉了。

庆典结束了，部队首长像往常一样检阅并问候礼炮部队的时候，没有一个战士回答，因为他们此时什么也听不见了。

礼炮中队圆满地完成了第一次为共和国生日鸣放礼炮的任务，用他们威武的形象和熟练的技术，赢得了人民的赞誉。

二、 不辱神圣使命

● 正当演员们犹豫的时候，他们发现在大雨中有一支部队挺胸抬头，始终没有改变军姿，认认真真地看他们演出。演员们一下子激动了，找到了表演的激情，继续一丝不苟地表演着。

● 当指挥员下达了进入场地的口令后，8门崭新的橄榄绿色炮车，不到5分钟迅速就位并调控完毕。24名威武、英俊的炮手在距炮后5米处一字形站立。

● 小张一听就炸了："队长，俺在你手下当了3年兵了，一次还没捞着正式打呢，这是我在部队的最后一次机会了，求求你了，不然我会终身遗憾的。"

视国家荣誉为生命

1984年3月5日，由"大功连"武警北京总队十一支队一中队组建的礼炮中队，按照训练方案投入训练。

在这之前，礼炮中队成立了礼炮训练研究小组，礼炮中队第一任中队长张道海任组长，研究训练方案。经过几个不眠之夜，训练方案终于出炉了。

当时，礼炮中队的每门炮有4个战士操作，后来又改为3人。在训练中12门炮的战士站成两条线，即一、二炮手听到命令后上前一步，三炮手后退一步。现在，礼炮中队的炮手仍采用这种站法，两条线整齐统一。

在当时的条件和情况下，完成好这样一个任务，是非常艰难的。

在誓师大会上，官兵们的决心气吞山河，不少战士甚至咬破手指向党支部写下血书：

坚决打响第一炮，让党中央放心，为祖国增光！

尽管大家的决心像钢铁一般坚定，但中队长张道海、指导员于志加却还是有些担心。

月光下，只见一群人影不停地走动、跪下，走动、跪下，反反复复，一声不吭。

　　于志加明白了，这是战士们在练操炮动作呢。参加操炮的战士都是经过严格政审的老兵，他们思想积极，业务过硬。在这个涉及国家荣誉、军队声誉的时刻，大家都主动加班练习。

　　在那段日子里，干部战士都全身心地扑在训练场上。战士们3人一组，循环反复地练习。训练的动作非常简单，即姿势、开栓、填弹、退弹几个动作，但要求非常严格。

　　3秒内，3个人要完成全部动作。一炮手负责开栓，二炮手负责装弹，三炮手负责送弹。动作要求精准统一，密切协同。谁慢半拍或快半拍，都会受伤。

　　为了练好这简单的3个动作，战士们每天要起立跪下上千次，推弹装弹上万次。炮位前的土地上，被踩出了一道浅沟，战士们跪下去的地方被跪出一个个圆坑，里面泛出殷殷的血红。

　　每天，太阳还没出来，战士们浑身上下就已经练出汗了。

　　宽阔的操炮场上，没有遮阴的地方，火辣辣的太阳照在战士身上，汗水湿透了军服。

　　太阳落山了，战士们依然坚持着练到月亮升起来。

　　这种突击性的超负荷训练，使有些体格弱的战士累出病来。

　　老战士李明由于劳累过度，患了睾丸静脉萎缩病，

不辱神圣使命

稍微累一点儿，那最要命的地方就疼得像针扎一样。但是，他依然坚持着训练。

白天训练时，李明咬紧牙关忍受着剧烈的疼痛。晚上只要一挨床边，浑身的骨头就像散了架似的，整个人一下子就扑倒在床上，有时连衣服袜子都不脱就躺下睡着了，一分钟就鼾声如雷。第二天哨声一响，他照样精神抖擞地上训练场。

新战士朱云患了风湿性关节炎，连续紧张的训练使他的腿肿得发亮，脚也肿得连鞋都穿不上。

指导员于志加用命令的口气让他住院去，没曾想，这个平常一向不爱说话，被战士们称之为"军中小姐"的新兵芽子，竟敢在训练场上当众大声地与指导员抗衡顶嘴了。

朱云气哼哼地说："干吗老是把眼睛盯着我，中队有那么多的战士身体有病，你咋不让他们去住院呢！再说你自己胃病，一犯起来直吐黄水，你咋不去住院呢！告诉你吧，指导员，别的说啥我都听，让我离开训练场不好使，除非马克思发来请柬！"

"这个兵，真是拿他没治。"于志加只好摇摇头，这是他头一回领教一个新兵的厉害。

礼炮中队从一开始，就形成了这种视荣誉为生命的优良作风。曾经有人问第一批礼炮兵们，这么苦练为了什么，值得吗？

礼炮兵们说：

说为了祖国，为了军队的荣誉，绝对不是大话。在天安门广场上，我们就是国家，我们就是中国。如果你能有这样的一个机会，你也不会马马虎虎地干，你也一定会和我们一样去拼命的！

还有的战士骄傲地说：

全中国就这么一支礼炮兵部队，这辈子能当上礼炮兵，值了！

在礼炮中队训练最为紧张的时候，战士们忘记了一切，全身心地投入到改革开放后打响中国礼炮第一炮的训练中。

有的战士好久不给家里写信，家里人不免有些担心。战士郑伟的母亲因为很长时间没接到儿子来信，实在是想念了，她特地向单位请了一个礼拜的假，专程从天津赶来探望，还买了一大堆儿子爱吃的饼干、方便面、水果等。

郑伟的母亲下了火车，却不熟悉儿子部队的所在地，就在北京站给儿子挂了个电话。她满心以为大老远来不容易，儿子会来接她一下。

电话打通了："你是伟儿吗？刚当几天兵妈咋听你声

不辱神圣使命

音有些变了呢？"

"啊呀！有啥事，妈你就快说吧，我还得训练去呢！"电话那边郑伟心急火燎地说。

"哟！妈给你打个电话还不耐烦了！告诉你吧，妈这次是专程来看你的，现在是在北京火车站给你打电话呢，妈也不知道路啊，你能不能……"

母亲的话还没说完，郑伟却禁不住喊出了声："糟了，谁让你这时候来的呀！也不打声招呼！"

"嘿，看把你能耐的，"郑伟的母亲生了一肚子气，"妈来看看，你还不高兴了，不高兴我也来了！"说完，没等郑伟回话，她就把电话"啪"地放下了。

不到一小时，郑伟的母亲下了出租车，风风火火地来到部队。可是找了一圈，一个人影也没找着。她禁不住嘀咕起来："邪门儿！这人都上哪儿去了呢？"

她一边转，一边大声喊："喂，有人吗？"

"大娘，你找谁呀？"通信员听见了，连忙出来打招呼。

"噢，是这么回事，我是郑伟的母亲，是特地来看我儿子的，可他不欢迎！你说这孩子真是没出息，当几天兵连我这个妈都不认了！这这这，唉！"小郑的母亲说到这里，大声地叹了口气，禁不住鼻子一酸，眼泪都快掉下来了。

通信员小李一听就明白了，心想，郑伟可真行！连妈妈来了也不中断训练。

小李连忙解释说："大娘，你误会了，现在我们中队的全体战士都在加紧训练，准备迎接日本首相中曾根来访呢。"

说着，他给郑伟的母亲递过一杯茶水，"这些天，大伙都急了，白天黑夜地泡在训练场。这不，指导员家已经来3封电报了，催他回去结婚，可指导员却把这事放在了脑后……"

听到这里，郑伟的母亲似乎明白了，脸上露出骄傲的神情："这么说我的儿子也是好样的。"

小李说："大娘，您先到招待所住下，我这就去告诉郑伟，让他过来。"

晚上，郑伟有些不高兴地来看妈妈，直到看到妈妈，他心里还在惦记着训练。

母亲望着儿子消瘦黝黑的脸庞和红肿的腿，眼泪直在眼眶里打转转儿。她一边用热毛巾给儿子揉腿一边说道："孩子，你是对的，妈错怪你了……"

听妈妈这么一说，郑伟想说点啥，但却说不出来了。见到母亲，他绷紧的身体一下子放松下来，很快就枕着妈妈的腿睡着了。

这位通情达理的母亲，为了不影响儿子的精力，只在中队住了一宿，第二天一早便自己悄悄地离开中队了。

一次，在北京南苑的礼炮兵军营里进行礼炮实弹训练时，二炮手安徽籍战士杨亮正全神贯注地操作。

"就炮！"杨亮跑步进入炮位，单膝跪在礼炮前。

"接弹!"黄澄澄的炮弹接在手中,立在手掌上。

"装弹!"炮弹倒下,边缘准确地塞进炮膛。

就在此时,由于炮体老化,炮弹的底座卡到了炮栓上。这时正是礼炮鸣放中,一松手炮弹就会从炮栓上掉下来。

杨亮没有丝毫的犹豫,用自己的右手死死将炮弹推进膛内,就在这时,礼炮"轰"地炸响……

炮栓的后坐力是巨大的,杨亮的右手被炮栓击中,鲜血直流。

礼炮鸣放完毕,身边的战友撤离炮位时才发现,杨亮的手上全是血,鲜血染红了地下的垫子。

就在战友们把他拉下训练场的那一刻,他喘着粗气说:"队长,任务完成了,我没有影响鸣放的效果!"

看着杨亮鲜血直流的右手,队长抱着杨亮,泪水忍不住掉了下来:"杨亮,你是个好同志,任务完成得非常圆满……"

旁边的战友被杨亮那一句话感动得泪水扑簌簌往下掉。

钢铁无语,礼炮庄严。官兵们用无悔的青春谱写着爱党报国的颂歌,用无私的奉献守护着祖国的神圣与尊严。

一位在这里视察工作的将军与礼炮兵握手时,感觉他们的手粗大得惊人,双手指甲也只剩下一半,感动得流下了泪水。而礼炮兵打趣地告诉首长,男孩子就要手大,手大拿礼炮稳,打礼炮响。

万无一失和形象一流

礼炮兵被人称为"第二仪仗队",因为无论是参加国家重大庆典,还是迎接外宾,都是在一个十分庄严的历史时刻和场合活动着,照相机、录像机以及千百万双眼睛无时无刻不在瞄着他们。

因此,礼炮兵们不仅要保证礼炮鸣放得万无一失,而且本身的举止形象也要美。用礼炮战士的话说:"放要放出中华民族的威望,站要站出中华民族的气魄!"

为了不辱神圣使命,不负人民的期望,礼炮兵们从仪仗队那里学到了一项训练仪表形象的特别技术,即在后背插上用竹板做成的"十字架",衣领上缀着大头针,头只要稍微一动,针尖便会扎进肉里,所以,操作时必须时刻纹丝不动地挺拔站着。

"不是三九三伏不练兵",这是军营里的常话。只有在条件最为艰苦的情况下练兵,才能练出好兵、精兵、强兵。

在三伏天,礼炮兵们昂首挺胸一站就是两个多小时。有时北京气温高达 35 到 36 摄氏度,上头太阳晒,地面腾起的气浪灼热烤人,站在训练场仿佛置身于火炉一样。

新战士小李,身体有些单薄,起初承受不了这种强化训练,有时挺不到两小时就晕倒了。

不辱神圣使命

卫生员见了，就赶紧跑过去，端起事先准备好的一盆凉水，"啪"地泼到他身上，然后，再用汤匙一点一点地给他喂些凉爽的绿豆汤。不一会儿，小李醒来后，就又顽强地站到了自己的位置上。

其实，许多战士都经历了晕倒、泼水、站起，再晕倒、再泼水、再站起这样一个不同寻常的过程。

这种训练法似乎有些残酷，但中队长却深有感触地说："钢铁就是这样炼成的。"

礼炮是由两个几乎水火不容的字眼组成的。"礼"字在视觉和含义上给人温文尔雅的感觉，而"炮"字，则充满了火药味，血腥味。一温一热的组合，使礼炮兵们尝遍了酸甜苦辣。

按照规定，执行礼炮鸣放任务要达到4个标准：

1. 响数必须绝对准确；

2. 响声必须在同一点上；

3. 礼炮鸣放必须与国歌声同步；

4. 礼炮兵必须形象一流，动作规范。

礼炮兵们最刻骨铭心的是关于数字的记忆：5代不同阶段的礼炮炮栓从8公斤增至20公斤；开栓送弹装填3个动作要3秒内完成；每天平均推上拉下开栓次数达到2万次；8米炮位平均训练日行程30公里；二炮手跪下起立日平均1000次。

这是一批批礼炮兵用自己的血肉身躯在与钢铁构造的炮体上验证出的一串串滴汗滴血的阿拉伯数字!

其实,中队干部谁也没有逼他们这样做,甚至下命令阻止,可战士们却抱住了一个信条:只要为国争光的思想不倒,我们的身体就永远不倒下。

所以,每次执行任务前,战士们总是把皮鞋擦得锃亮,礼服熨得笔挺,下巴剃得溜光,镜子照了一遍又一遍,比姑娘出嫁还要认真地"打扮"自己。

号称"拼命三郎"的五班长王新凯说:

能够支撑我战胜自己、克服困难的动力有很多,但让我体会最深的就是自己对礼炮事业的无限热爱升华了我的情感,坚强了我的意志,培养了我克服一切困难的顽强毅力。

礼炮中队的战士们不仅在国宾前展示了中国武警的良好形象,在平时的日常活动中也以优良的作风赢得了人们的赞誉。

1996年建军节,礼炮中队到世界公园参加北京市丰台区组织的联欢会。

部队坐下不久,天就下起了瓢泼大雨,只一会儿的工夫,地面的积水就达半尺多深,战士们的膝盖都给淹没了。看台上的人都跑到能遮风避雨的地方去了,只有礼炮中队一动不动地坐在雨雾中。

不辱神圣使命

舞台上的演出还在进行，但演员明显地感到进退两难。观众都跑光了，是否终止演出？

正当演员们犹豫的时候，他们发现在大雨中有一支部队挺胸抬头，始终没有改变军姿，认认真真地看他们演出。演员们一下子激动了，找到了表演的激情，继续一丝不苟地表演着。

著名歌唱家王昆在台上激动地说：

> 我至今参加了无数次演出，遇到过两次伟大的观众，第一次在延安，第二次是抗美援朝，现在又有了第三次，那就是这些兵！

她说着，用手指着台下的礼炮中队。

高强度训练适应新炮

1997 年建军节前夕，在位于北京南苑礼炮中队的训练场上，礼炮中队的官兵们正在进行训练。

当指挥员下达了进入场地的口令后，8 门崭新的橄榄绿色炮车，不到 5 分钟迅速就位并调控完毕。24 名威武、英俊的炮手在距炮后 5 米处一字形站立。

"就炮!"指挥员斩钉截铁地下达了口令。

这时，每个人就像通了电似的，敏捷地跑到自己的位置上，"哐"的一声做成跪姿。3 门炮，每门 3 人操作，前面两人，后面一人，成倒三角形。

无论远视或近看，8 个三角形如同一个模子抠下来的，一样大小，对应点炮手姿势一样高低，整个规定动作一次定型。

为了提高装填速度，达到操炮动作整齐划一，要求炮手在 3 秒钟以内完成开栓、送弹、装填 3 个动作。这就要求战士们数年如一日地反复练习这几个简单的动作。

战士们在坚硬的炮筒上，每天推上拉下开栓成千上万次，在 8 米长的炮位上，来回跑动 30 多公里。一天下来，跪下起立上千次，腿跪肿了，膝盖磨烂了，地上踏出了一道道痕迹，跑位后留下了一个个圆圆的膝坑。

从 1984 年接受任务到现在，礼炮中队已经更换了 5

代礼炮。礼炮的更换不仅仅是外形、结构和性能上的更新，而且操炮动作、操作方法也要随之改变。在适应期很短的情况下，从指挥员到每个炮手，都要重新进行高强度的适应训练。

在使用第二代礼炮时，开动炮栓的推力不仅没有减少，反而一下子由8公斤增加到20多公斤，训练的难度和强度相应增大，时间非常紧迫，必须尽快适应，因为随时都可能有高级外宾来访。

当时正值隆冬季节，寒风冰冷刺骨。为了防止手被冻伤，中队给每个战士发了一副帆布手套。可是，在训练中，战士们觉得这手套太厚，影响操炮动作，就把帆布手套换成线手套。可几十个动作下来，手套就被磨破了。

战士们把手套甩在一边，豪迈地说：

用肉体战胜钢铁！

炮手张红林，在平时训练中虽然也很刻苦，但动作总是比别人慢半拍。

赵队长考虑再三，担心小张技术不过硬影响施放效果，因此，决定将他调换下来。

小张一听就炸了："队长，俺在你手下当了3年兵了，一次还没捞着正式打呢，这是我在部队的最后一次机会了，求求你了，不然我会终身遗憾的。"

望着小张恳切期待的目光，赵队长点了点头："好，那就再给你一周训练时间。"

7天后，赵队长对他单独进行了考核。

考核结果是：就炮动作99分；开栓100分；送弹100分；装填100分；总成绩优秀。

在战前动员大会上，其他战士都稳实地坐下了，唯独小张半蹲着，臀部不着凳子，半悬不下。值班排长走过来问他为什么不坐下，他支支吾吾地，听不清说些什么。

"你站起来！"排长态度严肃地大声说。

当小张站起来时，周围的战友们才发现，张红林臀部的警裤已经烂了，并且印出点点血迹，紧紧地粘贴在浮肿的臀部和大腿上，这是他这些天训练"吃小灶"的结果。

当中队长宣布参加40周年大庆正式施放人员名单，念到张红林的名字时，他长长地舒了一口气，眼睛里噙满了热泪，他梦寐以求的愿望终于实现了。

训练场上，战士们凭借顽强的意志，用血肉与钢铁搏斗。在天安门广场上，他们同样用血汗为祖国争得荣誉。

1984年35周年国庆鸣放礼炮时，战士李玉伟推着礼炮进入阵地，右手被礼炮车轧掉了两厘米的皮肉，骨头都露了出来。干部想让别的战士替换他，他觉得不放心，仍然用满是鲜血的手装填炮弹，圆满地完成了鸣放任务。

不辱神圣使命

1993 年 9 月，礼炮中队给江泽民总书记汇报表演。排长耿安的右手食指被礼炮卡断了一截。耿安没有丝毫的慌乱，镇定自若地继续操作，谁也不知道他用半截食指鸣放完了礼炮。

当得知礼炮鸣放受到了江泽民和其他国家领导人的好评时，耿安高兴地说："我们能用自己的血汗，为武警部队争光，为祖国争得荣誉，就是我们最大的心愿。"

三、 熟练操控装备

● 吴疆他们有点慌了，急忙临时做了一套简单
  的控制仪器，一个绿色的木箱子，里面装着
  大电池。

● 有个老兵终于忍不住了，抱着礼炮痛哭起
  来，其他人也忍不住了，抚摸着礼炮默默地
  流泪。

● 当车队到达时，外交部礼宾司的同志跑过
  来，忧心忡忡地问现场指挥："能按时开始
  吗？"大家的目光几乎同时投向胡业

礼炮控制车研制成功

1984 年 1 月底，根据中央指示，10 月 1 日要在举行建国 35 周年大阅兵中恢复礼炮鸣放。北京市委组织北京市仪表局、国庆办等单位举行联席会议，研究恢复礼炮仪式的有关事项。

在这次会上，仪表局指定北京电视技术研究所负责研制礼炮控制装置。

仪表局还作出明确指示：

> 必须在国庆前做好一切准备工作，保证礼炮鸣放万无一失。

早在 1966 年以前，礼炮鸣放使用的就是北京电视技术研究所的鸣放装置，但那时只是一个继电器，必须用手摇动发电。而 20 世纪 60 年代的装置显然已经不能适应时代的需要。于是，当时研究礼炮控制装置的班底又组织起来。

具体承接装置研制的是电视技术研制所的技术科，当年 39 岁的吴疆就成了礼炮组的主要人物。然而，接受任务刚一个星期，又接到上级命令，说中曾根首相 3 月 24 日访华，要鸣放礼炮 19 响。

吴疆他们有点慌了，急忙临时做了一套简单的控制仪器，一个绿色的木箱子，里面装着大电池。

北京总队的一名领导看着这个临时"凑"起来的家伙，有点担心地对吴疆说："老吴，一定要打响呀！"

礼炮队重建后的第一炮打得很成功，证明这个临时"凑"起来的家伙还是管用的，但作为国家礼仪鸣放礼炮的礼炮控制系统，不能总是这样凑合下去。

因此，在中曾根访华之后，技术科加紧研制礼炮控制系统，他们采用了北京工业大学生产的最先进的280单板机，研制出了 DEK－A 型第一代礼炮控制系统。

但是，这种装置对温度有严格的要求，必须把装置装在一辆密封好、有空调的车内。

当时，这种车在国内很难找到，后来经考察，认为日本的面包车质量好，符合要求。

然而进口需要美金，而那时中国的改革刚迈出第一步，电视研究所还没有见到美金。

所里的领导发愁了，在当时要搞到美金不是一件小事，怎么办呢？吴疆忍不住了，给当时的国务院总理写信，汇报了他们所遇到的困难。

很快，总理办公室给吴疆回了信，告诉他已经将总理的批示转到了国家财政部，并把财政部的批文复印件附在信中。

当然，那时还是计划经济，财政部不能直接拨给他们美金，只是批给了他们美金指标，他们得到美金时已

熟练操控装备

是 7 月底了。

9 月 7 日，吴疆他们接到日本方面的电话，通知货物已到天津港口。兴奋的吴疆当天就带了一名司机和 100 元钱去天津提货。赶到天津港口，他才知道提货的手续非常复杂，如果按照手续提货，时间已经来不及了。

情急之下，吴疆想出了办法，把介绍信交给有关负责人，说道："这辆车是建国 35 周年大庆用车，请给个方便。"

当时，举国上下都知道"十一"要搞大庆，军委主席邓小平将亲自检阅部队。因此，港口的工作人员看了介绍信，听说是国庆用车，立即简化了许多手续，让他提前提货。

这样，日本货船刚刚靠岸，吴疆就从船上开出了车。

但是问题又来了，车内只有几升汽油，根本开不回北京。那时的汽油也有控制指标，不是随便可以买到的。无奈，吴疆又向港口的工作人员求援，海关人员就把他带到塘沽加油站，给车加了 10 升汽油。

吴疆马不停蹄地朝回赶，于当晚 18 时赶回北京。他们用了 4 天的时间，将控制仪器装到车上。

起初，控制车由电视技术研究所管理，每次活动都是吴疆他们开着车去部队。

1985 年，在部队的要求下，研究所把控制车无偿送给了支队，并教给战士们如何使用。礼炮中队用的一直就是这辆控制车，只是，已经没有多少人知道这车的来历了。

1992年，北京电视技术研究所对控制礼炮的装置进行了改革。

过去，50门礼炮一起鸣放，虽然声音很大，但是短促而缺少余音。他们经过研制，给50门礼炮装了20个不同时间的电钮，时间差非常小，但却起到了拉长声音的作用，使声音浑厚雄壮。

这一研究成果，成为电视技术所的专利。

熟练操控装备

换装第六代礼炮

在 1949 年的开国大典上，礼炮部队使用的 108 门礼炮，是从各部队调集的日式 75 毫米九四式山炮和山西兵工厂仿日本山炮制造的 75 毫米一四式山炮。这些礼炮直到礼炮中队组建时还在使用。

礼炮中队组建后，为了使这些老炮适应新形势的需要，礼炮中队对它们进行了简单的改装。

首先将原来的车轮换成橡胶皮轮，其次改手轮制动击发为电动击发，加装了喇叭口形的制退器，再就是对锈蚀的炮身进行擦拭、刷漆，使之焕然一新，符合了迎宾礼炮的要求。这种改装礼炮被称为第二代礼炮。

第二代礼炮声响不好控制，而且采用的 75 毫米一次性铜壳礼炮弹鸣放后，容易产生烟雾，污染空气。

1984 年国庆 35 周年大典时，礼炮的声响之大，使距礼炮阵地百米以内的民宅玻璃都被震碎了。有 3 名炮手耳朵被震得失去了听觉。这些不正规的礼炮鸣放造成的弊端，引起了有关专家的注意。

在当时的国家主席李先念等领导人的关怀下，我国开始自行研制迎宾礼炮。

最初，中国人民解放军三三〇二工厂将苏联 76 毫米加农炮改装成八四式礼炮，该炮被称为第三代礼炮。

这次改装将礼炮的机械发火装置改为电发火，为获得更大的鸣放声响，还更换了炮口制退器。但这种礼炮的体积大，质量重，与牵引吉普车不相匹配。当吉普车急刹车时，笨重的炮身在惯性作用下向前冲击，常与牵引车相碰撞，比较危险。

于是，中国兵器工业总公司二四七厂研制的76毫米八六式迎宾礼炮正式装备武警礼炮队，从而结束了国家礼炮队使用外国火炮改装礼炮的历史。

八六式迎宾礼炮被称为我国第四代礼炮。该炮为榴弹炮外形，造型美观大方，结构简单合理，动作安全可靠，与牵引车有良好的匹配。应武警礼炮队的要求，厂家在八六式礼炮防盾外面左侧，镶嵌了一枚金属制作的警徽。八六式迎宾礼炮深受礼炮兵的喜爱。

进入20世纪90年代，我国的综合国力大大加强，礼炮的研制也走向专业化。

原来礼炮队只装备一种八六式迎宾礼炮，该炮适用于在迎宾场合鸣放，但因无专用庆典礼炮，遇有大型庆典场合鸣放，也只得使用它，效果无法适应宏大的场面。

为此，中国人民解放军七三一二工厂用5年时间，研制出我国第一代专业庆典礼炮——76毫米九四式庆典礼炮。

九四式庆典礼炮装备礼炮中队后，首先执行了1994年45周年国庆大典的礼炮鸣放任务，其在宏大场合鸣放出洪亮、浑厚的炮声，受到了中外嘉宾的好评。

九四式庆典礼炮不仅外形设计新颖，而且使用安全方便，由过去的炮手跪姿装填炮弹改为立姿半自动装填。这在世界上也是首次采用的装填方式。

考虑到在首都市区鸣放礼炮，周围建筑物较多，因此炮身采用角度为 45 度到 55 度的高射角。

另外，为解决 62 门九四式庆典礼炮的储存和牵引问题，还专门设计了可以折叠的炮架。

九四式庆典礼炮采用电发火装置。为了使数量众多的礼炮能够在同一瞬间鸣放，礼炮中队使用电子计算机统一控制各礼炮电发火装置。

60 门庆典礼炮的电发火装置用电缆连接到一台计算机控制器上，全部礼炮鸣放的开始、响数、间隔、循环、结束都按计算机程序进行。

九四式庆典礼炮共制造了 62 门，这样大的数量适应了大型庆典多门礼炮共鸣的声响要求。

在庆祝中华人民共和国建国 45 周年、50 周年的庆典上，九四式庆典礼炮曾以 45 门和 50 门礼炮齐鸣 28 响和 50 响。

2005 年 9 月 3 日，在天安门广场中国人民抗日战争暨世界反法西斯战争胜利 60 周年大型纪念活动中，127 名武警官兵操炮动作一丝不苟，60 门礼炮迸发出 600 声轰鸣，10 门礼炮齐鸣一响，每 4 秒一声巨响，60 响用了整整 236 秒。

承担礼炮鸣放任务的武警北京总队有关人员表示，

从参与施放官兵人数、炮数到响数，都创造了建国之最。

在九四式庆典礼炮研制成功后，兵器工业总公司二四七厂又研制出第五代专用新型迎宾礼炮，新式礼炮被命名为76毫米九七式迎宾礼炮。

在研制九七式迎宾礼炮的过程中，还有一个小插曲。

1989年国庆时，100门礼炮并没有使用二四七厂研制的礼炮，这让二四七厂感到礼炮中队对自己厂的礼炮已经不信任了。即使以后更换礼炮也不会再选用他们的礼炮，于是就与礼炮中队失去了联系。在失去联系的5年里，他们没有上门调查，也没有维修服务。

1996年，礼炮中队领导前往二四七厂联系更换损坏的零件的事情，并介绍八六式礼炮的现状和礼炮中队的情况。二四七厂大为感动，并感到内疚。

当二四七厂知道礼炮中队对八六式礼炮是满意的，并且现在使用的还是八六式礼炮时，吃了一惊，认为这是不可能的。因为当时研制的八六式礼炮的寿命只有5年，现在早该淘汰了。于是，他们立即派出维修队和专家组赶到礼炮中队。

当初负责研制八六式礼炮的工程师，对八六式礼炮进行检查后连连摇头，说有3个没想到：第一，没想到礼炮中队的官兵能把礼炮保养得这么好；第二，没想到礼炮的寿命这么长；第三，没想到战士们用这样的礼炮完成了一次又一次的重大迎宾任务。

当十一支队提出准备让二四七厂研制新一代的礼炮

熟练操控装备

时，在场的工程师和厂领导都一致表示，一定不辜负部队的信任，不讲条件，不讲代价，要为共和国礼炮部队研制出壮军威国威的新一代礼炮。

怀着高度的责任感，二四七厂很快就研制出九七式迎宾礼炮。

九七式迎宾礼炮仍然采用人们熟悉的榴弹炮外形，这种新型迎宾礼炮整体结构更加美观大方，各部件制作精细，炮管内部加工得光洁度极高，零距离接触令人爱不释手，显示出中国是"世界制造大国"的高超加工水平。

应礼炮中队的要求，在九七式礼炮防盾中央上部，镶嵌了一枚双面警徽。这12门代表我国兵器制造业最高水平的迎宾礼炮，配上12辆国产新型"猎豹"牵引车，每当欢迎国宾时便在天安门广场上构成一道亮丽的风景线。

礼炮兵们骄傲地说："虽然我们的炮阵地距离外宾较远，但鸣放礼炮后，时常看到有的外宾从远处张望、观察国产礼炮，我们为能操作这样具有国际领先水平的礼炮而感到自豪。"

2008年，礼炮中队又换装了更为先进的零八式礼炮。零八式礼炮不管是从安全系数、操作可靠性，还是外观造型上都有了很大的改进。

炮栓手柄加粗加长，外移14毫米，并加上了防滑套，以往训练中挤伤滑手的问题就不存在了。零八式礼炮还在炮架底部加了辅助轮，这使得原来移炮时需要 3 个人一起才能做的工作，现在只要 1 个人就能完成，虽然炮架炮体加重了近 200 公斤。

零八式礼炮实现了指挥控制系统双保险，全自动电控系统可随意设置间隔时间，发射数据可自检，另备移动电控系统，从而进一步提高了鸣放礼炮的安全系数。

与之前的礼炮相比，零八式礼炮增加了指示灯、滚轮等装置和电脑控制系统，具有自动和手动两种功能。

防盾加宽加高，与牵引车宽匹配，总体造型更加威武雄壮，同时提高了对礼炮兵的防护。礼炮与牵引车做到一体化，提高了运动时的稳定性，通过性和安全性更为良好。

为防止炮手在操作过程中手指被挤伤，适度增加了开、关栓手柄与炮尾的距离，添加了防滑套，使操作更加安全、方便。

声效是由钥匙、炮膛、炮口制退器等部位结构尺寸的合理匹配来控制的。零八式礼炮声效更好，以前礼炮的声压级是 105 分贝，这次上升到 110 分贝。

鸣放礼炮时的时间间隔是由电脑控制的，比如：万一发生了第一响后第二响突然不响的情况，在人几乎察觉不到的情况下马上会自动切换到第三响，保证万无一失。

礼炮中队第十三任中队长朱泽洪抚摸着礼炮激动地说：

熟练操控装备

礼炮隆隆，鸣放出祖国的尊严与强大。自1984 年组建以来，我们先后完成了 594 次迎宾，近 1.19 万次鸣炮，零八式礼炮已是我们更新的第六代礼炮，每次换代都给我们礼炮兵以更大的鼓舞，赋予更高的责任！

"视祖国荣誉高于一切，视礼炮事业重于生命"成为我们的队魂。

老兵向礼炮敬礼惜别

1997年金秋时节，正是礼炮中队老兵复员的时候。在即将离开部队的前一天晚上，几个老兵不约而同地来到礼炮旁边，默默地站了很久。

与礼炮朝夕相处了3年，礼炮和他们一起经历了许多次重大的迎宾礼仪和庆典活动，礼炮也体味了那种紧张的气氛，并分享了他们成功的喜悦。

就要复员了，老兵们都恋恋不舍，希望能多看几眼礼炮。有个老兵终于忍不住了，抱着礼炮痛哭起来，其他人也忍不住了，抚摸着礼炮默默地流泪。

老兵曹继兵这几天来一直心里不是滋味，总觉得空落落的。

家里打电话告诉他，已经给他联系好了工作，是市技术监督局。父母觉得在许多职工下岗的情况下，能有这么一个好工作很不容易。曹继兵听了却犹犹豫豫。

在抱着礼炮痛哭了一场之后，曹继兵终于明白了，自己是舍不得离开礼炮的。于是给家里打了电话，说他决定这年不走了。

他父亲非常生气，在电话里就骂了他。父亲说："你明年回来，我可不敢保证你能找到这么个好工作，你好好想想。"

熟练操控装备

049

曹继兵在电话里毫不犹豫地说:"我已经想好了。"说完,就把电话挂上了,让电话那头的父亲瞪眼跺脚。

第二天,老兵们穿着摘掉领章和肩章的警服,整齐地站在礼炮前,向礼炮敬最后一个军礼。举起的右手久久不肯放下,人人眼睛里饱含泪水。

放下手臂,又有老兵冲上去抱住礼炮痛哭,看得准备送老兵们去火车站的司机也抹起眼泪,虽然他已经等了好半天。

中队长实在受不了这个场面,躲到了办公室里。

面对即将分别的荣辱与共的战友,面对浸透了自己的血水与汗水的礼炮,老兵们眷恋难舍,依依惜别。

危难时刻见真功

2005年4月21日早上，礼炮中队的战士们刚刚走进饭堂，就接到上级紧急通知：前一天因天气原因取消的欢迎某国总理礼炮鸣放仪式恢复。

任务就是命令！战士们放下碗筷紧急出动。当车队行至繁华的珠市口大街时，遇到了堵车。而此时距迎宾仪式开始只剩下30分钟。

车队慢慢行进，通信技师胡业也启动了他心中的"紧急预案"。他用电台和各炮位指挥员对各项准备程序提前进行了详细部署。

当车队到达时，外交部礼宾司的同志跑过来，忧心忡忡地问现场指挥："能按时开始吗？"大家的目光几乎同时投向胡业。

"保证按时开始！"胡业和战士们响亮地回答，同时，手上一秒不停，动作快如闪电。平常展开准备需要40分钟，而这一次，礼炮在10分钟后按时鸣放。

礼炮声响了起来，礼宾司的同志向胡业竖起了大拇指。

支队政委耿大建说："关键时候，有胡业这颗永不生锈的螺丝钉，一切都活了。"

胡业从军20多年来，从一名普通的义务兵、一名礼

熟练操控装备

炮操控技师，成为当时北京市几万名武警官兵中唯一的一名高级士官。

高级士官用通俗的说法，就是因为部队特殊的需要，普通战士享受部队干部待遇。这样的境遇，是许多义务兵都向往和羡慕的。

让战友们更为羡慕的是，每次鸣放礼炮时，60米的红地毯就是世界的聚焦带。在这个聚焦带，胡业一次次因为化惊险为神奇而成为聚焦带上的焦点。

1991年7月6日，非洲某国总统访华。迎宾仪式即将开始，天空突降大雨，积水很快淹没炮位基座。鸣放命令下达了，主炮线路却因漏电连线而哑火。主炮换副炮，电控变手动，时间的间隔总长都要符合国歌的旋律和时长，这对控制手的要求非常严格。

危难时刻见真功！胡业没有一点慌乱，手上没有一点多余的动作，招招精准到位，不到两秒时间里，危机顺利化解。

礼炮鸣放前，对电路通电情况的检测是最关键的一项工作。

检测共有6个动作，胡业将其归纳为"三检、两测、一跑"。即检查线路的通断，检查电瓶的电压，检查控制设备的工作状况；测控制设备通过线路输送到礼炮端的电压，测炮弹内部电路的通畅；控制人员与报响员协同跑程序。这6个动作是礼炮鸣放成败的关键，牵一发而动全局。

胡业从 1989 年接受礼炮控制系统操作任务以来，每次就在这不足 60 米的距离上重复着这 6 个看似简单实际非常复杂的动作。礼炮几乎成了他生命的全部。对礼炮，他了如指掌，礼炮装置有任何异常，他用耳一听，搭眼一看，伸手一摸就知道问题在哪儿。

北京电视技术研究院专门从事礼炮鸣放控制技术研究的吴疆工程师是胡业的启蒙老师。提起胡业，他总说："胡业是一位了不起的战士专家！"

在礼炮控制设备先后 3 次更新换代改进中，胡业提出的两条建议全被应用。

胡业提出：

1. 一套控制设备，在紧急情况下无法应急保障，设计两套，可确保安全；

2. 将控制器显示屏的亮度提高，可保证准确看清监控设备的运行状态。

在第四次改进中，胡业又提出三条建议：

1. 将手工放线改为自动收放，可提高效率。

2. 将预存时间的 1 到 5 分钟，延长至 6 分钟，可更好地处理自动控制鸣放。

3. 电源系统应同时接受两路外部电源供

熟练操控装备

053

电，以保证在一路电源发生故障时电源系统可进行自动切换。

以上建议是实践的结晶，是从专业书籍上找不到的答案，是胡业从 21 年执行任务中总结出的精华。

从实践中创立理论，再从理论回到实践，胡业总是在不断创新。

他从指示灯亮的强弱程度，测试出了炮手装弹的速度，而通过炮手装弹的速度又提高了指示灯的敏感度。

就这点看似小小的创新，使炮手的装弹速度精确到 0.5 秒，指示灯敏感度提高了 3 倍，保证了国歌音乐和礼炮鸣放配合的准确率达到 100％。

四、礼炮中队风采

● 一个战士的衣服烧着了，胳膊也被烫伤了，他竟然没有觉察。他依然动作熟练地在烟雾中将最后两枚礼花弹准确地放入炮口。

● 随着广场四面八方一阵"咣咣"的爆破声，广场上空升起无数五光十色流动的"彩墙"。

● 雨水哗哗地顺着帽檐流进战士们的脖子里，衣服里里外外都湿透了，跪在地上的腿已经全泡在水里。但战士们全然不顾。

争分夺秒保证仪式按时进行

1988 年 6 月 6 日，波兰部长会议主席访华，我国政府在天安门广场举行隆重欢迎仪式，请波兰部长会议主席检阅三军仪仗队，并鸣放礼炮。

礼炮中队接到鸣放礼炮的命令后，立即乘车从北京南苑出发，向天安门广场前进。

在向天安门广场开进途经珠市口时，遇到交通阻塞。一辆公交车从总站出来时，要横过马路到对面的始发站。但谁也没想到，公交车居然在路当中出了故障。长长的公交车像一堵墙一样，一下子就把马路堵死了。

马路上停满了汽车。前面的车想掉头，但后面的车不知道情况，继续往前开，把掉头的最后一点空间也给堵上了。

行人急于赶路，就在停着的汽车间穿行。他们像沙子流过石头堆一样，把汽车间最后一点空隙也塞满了。马路上满满当当，真的是水泄不通。

礼炮中队夹在车流当中，前不能进，后不能退。专门负责礼炮车队路线疏导的交通警察急得满头大汗。这时，离迎宾仪式开始只剩下半小时了。

现场指挥员一看这样等下去要坏事，下达了命令："上！抬也要抬过去！"

礼炮车队的战士和交通警察，硬是在人与车之间，挤出了一条路迂回前进。有的车已经无法掉头，他们就肩扛人抬，从一排排堵塞的车上"飞"了过去。

到达广场时，离迎宾仪式开始仅剩 6 分钟。

外交部礼宾司的同志十分焦急，用报话机不停地询问："怎么样？迎宾仪式能不能按时进行？没把握的话，就推迟 20 分钟吧？"

"请首长放心！"支队长果断地回话，"我们保证迎宾仪式按时进行！"

炮车刚一停下，战士们便像下山猛虎似的，以闪电般的速度铺设地毯，调整炮位，摆放炮弹，架设线路，测试仪器，然后进入炮位，整装待命。

全过程仅用了 4 分钟，保证了迎宾仪式按时进行。

礼炮中队风采

创造鸣放时间最短纪录

1992 年 5 月 9 日，爱沙尼亚总理来华访问。这次欢迎仪式本来并没有什么特殊，却给中国礼炮兵带来了一次挑战。

礼炮鸣放要与两国国歌同步，爱沙尼亚的国歌只有 22 秒，与中国国歌合在一起也只有 70 秒。70 秒，19 响，平均算下来每 3.7 秒就要鸣放一次，恰恰与一枚手榴弹从拉出引线到爆炸的时间相等。

为了在这样紧的时间内不出任何差错，礼炮兵进行了艰苦的训练。

开栓、送弹、装填 3 个动作，要由 3 名炮手在 3 秒钟内完成，3 名炮手的配合必须协调一致，动作统一，如果有一个快了或慢了半拍，就会彻底失败。

在完成所有的动作时，队员们都必须军姿端正。操炮过程中，眼不能盯着自己的手，要目视前方，挺胸抬头，靠娴熟的技术完成全部动作。

绝大部分战士腿跪肿了，膝盖磨破了，手上的老茧长了又磨，磨了又长。8 米长的炮位上踩出了道道深深的痕迹，留下了一个个圆圆的膝坑。结实耐磨的作训服都磨破了。

经过艰苦训练，战士们最终圆满完成任务。

在举行欢迎仪式当天，在短短的一分多钟的时间里，战士们鸣放的礼炮歌起炮响，歌落炮停，圆满地完成了这次礼宾勤务。

此次礼炮鸣放，创下了共和国礼炮鸣放史上鸣炮时间最短的纪录。

礼炮中队风采

京城无处不飞花

1994 年 2 月，中共中央办公厅就建国 45 周年庆典活动发出通知：

> 今年国庆不搞阅兵，不搞大规模的活动，但要热烈。

根据这个通知，国庆筹委会决定，在组织好北京天安门广场 10 万人国庆晚会的基础上，尽可能地加大礼花施放的时间、地点和规模。

为实现这个目的，国庆筹委会决定在天安门广场、工人体育场、龙潭湖、陶然亭、昌平、门头沟等 16 个燃放点上，施放 300 多个品种的礼花。其中首次亮相的品种是 12 存大型礼花弹"火树红云"，发射高度 500 米左右，空中烟花展开直径达 80 多米。

礼花炮有 440 门，整个北京将呈现"京城无处不飞花"的奇妙瑰丽的景观。

4 月 16 日，武警北京总队十一支队接受了国庆之夜的礼花施放任务。

共和国的礼炮兵，其实也是礼花兵，他们除了放礼炮外也放礼花。他们第一次施放礼花是在开国大典的夜晚。那时没有礼花炮，也没有礼花，是用信号枪和信号弹代替的。

空军离休干部张桂文当年是华北军区作战科长，负责组建施放礼花的小分队。他这样回顾了当年的情景：

开国大典放礼花是苏联顾问建议的。苏联在国家重大活动时都放礼花，确切地说，是放信号弹，因为苏联当时没有礼花。

阅兵副总指挥、华北军区参谋长唐延杰让我从独立二〇八师的两个连队挑人组成了施放礼花小分队，信号弹是用火车从苏联运来的，足有半车皮，各种颜色都有。

礼花分队组建了，但怎样组织队形呢？

方块、长条队形都试过了，形不成礼花效果。后来集思广益，站成双层圆圈，形成复瓣，终于在天空形成了花形。

训练很枯燥。统一下达口令，统一装弹，统一发射，要求练到误差在一秒钟内，最后练到了这个效果。

开国大典施放礼花共有 6 处。当天晚上，举着五星灯笼的群众游行队伍在接近尾声时，阅兵总指挥聂荣臻用电话向我下达"施放礼花"的命令。

上百支信号枪一齐射向天空，五颜六色的

礼炮中队风采

信号弹，开满了新中国第一个夜空。

45 年过去了，信号枪代替礼花已成为历史。

为迎接建国 45 周年，北京礼花厂研制了将近 100 个新品种。新品种三型礼花弹，在空中炸开后的面积大而且圆，直径达 200 米，在国内是首次燃放。"山花烂漫"、"东方之光"、"黄金射线"、"芳草连开"都属此型。

还有四型礼花弹，颜色鲜艳，停留时间长，有一种铺天盖地之感。在礼花开放后呈现漫天的白雪，点点红梅点缀其间，那是"白雪红梅"。还有"红霞铺地"、"流金翡翠"。三寸礼花弹组合成的莲珠花有"欢乐今宵"、"幸运彩环"，一个接一个，让人目不暇接。

为了完成好这次礼花施放任务，礼花兵们进行了艰苦的训练。

训练是单调而枯燥的。

初期基本动作训练，战士每天要推拉杆几千次，接杆使用力量在 17 公斤上下。战士们一天练下来，手上起大泡，胳膊沉重得拿不起饭碗。

强化训练时，战士们一天训练达 12 到 13 个小时。早上出操长跑，白天抱着礼花弹跑五六十公里。每个礼花弹轻的 2 公斤，最重 12 寸的礼花达 15 公斤。每天累计负重达 1 万多公斤。战士们跑步经过的土路都踏出了一个个小黑坑。

观众们看的是焰火，而战士们操作的却是烟火。

有一次，一个礼花弹低空爆炸，顿时，巨大的烟雾迅速笼罩了地面。

一个战士的衣服烧着了，胳膊也被烫伤了，他竟然没有觉察。他依然动作熟练地在烟雾中将最后两枚礼花弹准确地放入炮口。

经过一番刻苦的训练，10月1日夜晚，礼炮兵们大显身手的时刻终于到了。

17时30分，随着一阵惊天动地的礼炮轰鸣，共和国鲜艳的五星红旗，在60名军乐队员奏响的《义勇军进行曲》中，在10余万群众齐声高唱的国歌声中，在璀璨的追光灯的照射下，冉冉升起。"隆隆"的庆典礼炮，响彻广场夜空。

简短的仪式后，指挥部传来了施放礼花的命令。礼花施放阵地上响起了洪亮的口令声：

一发装填！

全炮准备！

放！

随着广场四面八方一阵"咣咣"的爆破声，广场上空升起无数五光十色流动的"彩墙"。

天空张开一个个巨大的"花伞"，像传说中的仙女，在无垠的夜空撒下斑斓的鲜花，万紫千红，流光溢彩。在探照灯、激光器和激光彩球的映射下，化作夜空绚丽

礼炮中队风采

祥和的彩云。

天安门广场上的群众沸腾了，随着一个个礼花在夜空中炸响，一阵阵欢呼声也如海潮一般在广场上回荡。五光十色的焰火映照着人们兴奋欢乐的脸庞，将国庆欢乐的气氛推向了高潮。

电视机前，中国人民通过电视屏幕看到了空前的盛况，一股由衷的自豪与骄傲在心中升起。

这个国庆之夜，共有大小礼花弹 6 万发升上天空。专家称，天安门焰火燃放是世界之最。

首都老百姓称："礼花放绝了！"

礼炮在雨幕中鸣响

1997 年的夏天，塞拉利昂总统访华，我国举行了欢迎仪式。礼炮中队又一次奉命出征。

按照规定，礼炮中队提前 15 分钟就位。就在这时，突然一阵狂风平地而起，紧接着就下起了倾盆大雨，广场上的水涨起半尺多深。欢迎仪式无法在外边进行下去，只好临时改到室内。

这时，仪仗队、军乐队以及其他工作人员都进入人民大会堂，唯独礼炮兵们冒着狂风暴雨跪在炮位上一动不动，等候着鸣放命令。

雨水哗哗地顺着帽檐流进战士们的脖子里，衣服里里外外都湿透了，跪在地上的腿已经全泡在水里。但战士们全然不顾。

在革命历史博物馆门前避雨的群众看到在暴雨中礼炮和战士一线排开，如雕像一般伫立，感动得纷纷拿出自己的雨伞雨衣让广场的警戒人员递给礼炮战士。

一些已经躲进车里的外国记者目睹了这一情景，一个个满脸惊讶，都竖起了大拇指。

当时在场的炮手魏京福事后谈感受说：

那时刻，什么大雨、电闪雷鸣以及远处的

高楼大厦，甚至连同整个世界都在脑海中隐去了，眼前只有礼炮，心中只有施放程序：一干什么，二干什么，其他什么也没有，一片空白。

20分钟后，迎宾仪式如期举行。

战士们迅速擦干炮膛里的水珠，倒掉弹箱里的积水，挺着一身湿漉漉的衣服，威严地操炮鸣放。

礼炮在雨幕中炸响。

当战士们圆满完成任务离开天安门广场时，四面八方的群众一下子拥上来，围绕炮车和战士们，热烈鼓掌致意。

战高温克虫扰动作不走样

1998 年 6 月 9 日，意大利总统访华，礼炮中队的一个班长岳彩进随同中队奉命出征。

岳彩进于 1997 年由安徽省砀山县来到北京，从告别亲人登上火车，到汽车开进军营，他那激动的心情就没有平静下来。

小时候的愿望终于实现了，岳彩进从进军营那天就已暗下决心：以后自己一定要干出样子来，让亲人们瞧瞧。

在新兵集训的 3 个月中，岳彩进始终觉得身上有使不完的劲儿。出操、跑步、基本动作练习，他样样都能出色完成。由于岳彩进身体素质、军事素质、思想水平都通过了最为严格的考核，他光荣地成为第一批上炮的战士之一。

礼炮兵的训练有其特殊性。作为二炮手的岳彩进，要进行就炮、接弹、装弹等一系列练习，每天仅装炮弹的动作就要练习上千次。

为使"就炮"这个动作做得准确，岳彩进反复练习。一天下来，仅走的路程就达 10 多公里。不仅如此，由于反复就炮，膝盖与地面多次摩擦、接触，岳彩进和其他战士一样，膝盖都是红肿的。

礼炮中队风采

这次为意大利总统鸣放礼炮，是岳彩进第一次执行勤务。从出发的一刻起，他的心情就异常紧张，来到广场上，进入炮位后，心里就"咚咚"地跳个不停。

这时，岳彩进一遍遍地告诫自己：千万小心，每一个环节都别出错。由于自己的高度重视，他执行的第一次勤务圆满地完成了。

有一段时间，三炮手宁武举上炮的动作要领掌握不好，反复练习也无太大改变。

那几天训练结束后，岳彩进就留下来，和宁武举一起把整套动作中的每一个环节逐一分解开。然后仔细分析影响动作准确的因素。

一个认真练，一个耐心教，经过努力，他们找出了动作失误的原因，顺利完成了全班的训练计划。

岳彩进在执行勤务中的出色表现，在中队里也早已传为佳话。

1999 年 7 月 9 日，日本首相小渊惠三访华。为确保任务完成，礼炮部队提前进入了广场。

当时正值盛夏，气温达到 38 摄氏度，而地表温度已达 50 多摄氏度。此时，炮手们都是单膝着地操作，时间一长，他们的膝盖被灼热的地面烫得红肿起来。

队伍中，岳彩进正双眼注视前方，神情格外严肃。这天也刚好是他 20 岁生日。

忽然，一只小虫子钻进了他的耳朵。立刻，岳彩进觉得头部像触电一样，又麻又痛，眼泪伴着汗水直往下流。

　　而这时鸣放礼炮已经开始，他的双手正在接送炮弹。他只能用力眨着眼睛，用千百次练就的熟练动作完成了任务，为自己的 20 岁生日献上了一份厚礼。

　　在礼炮部队中有一个胖胖的小伙子，名叫高磊。说起岳彩进，他立刻瞪大眼睛说："我们班长素质好，别人要三四年才能当上班长，他第二年就胜任了。虽说他和我们亲如兄弟，不过他最爱的还是那些礼炮。"

礼炮中队风采

第 415 次迎宾礼炮任务

1998 年 8 月 31 日，土库曼斯坦总统访华。而在几天前，战士们就说："我们有任务了。"

虽然他们并没有接到上级的通知，但是在看新闻联播时得知土库曼斯坦总统访华的消息，职业敏感使他们得出准确的判断。他们开始演练重复了成千上万次的礼炮施放动作。

果然，28 日他们接到了上级通知：

> 31 日上午 10 时，江泽民主席在人民大会堂正门，为应邀来访的土库曼斯坦总统举行欢迎仪式，鸣礼炮 21 响。

礼炮中队接到命令，立即紧张准备起来。尽管他们已圆满完成了 414 次迎宾礼炮任务，但是对他们来说一切都是从零开始。他们理解上级对他们提出"万无一失"要求的含义，那就是只允许百分之百的成功，不允许有一次失误。

30 日晚上，刚刚试炮完毕，天空就下起了雨，而且越下越大，半夜雷声响个不停。

担负第二天施放任务的礼炮兵，在黑暗中睁着眼睛，听着窗外的雷声和雨声，久久不能入睡，他们知道如果明天仍旧下雨，将给打炮带来困难。

第二天清晨，天空中还是细雨斜飘。礼炮兵们穿好了礼宾服，在操场上检查礼炮，把军用篷布罩在礼炮上。他们的头发湿漉漉的，脸上流着雨水。

他们神色严肃，来来往往地忙着各自的工作，几乎听不到一个人说话。

他们的肩上大都扛着志愿兵警衔，一看就知道是一群老兵，但是站队姿势和他们脸上的表情，却像是刚入伍的新兵一样严整挺拔。

一个恰好在中队采访的记者问战士："这样的天气还能不能打炮？"

战士表情平淡地说："下冰雹也要打，这不是能不能打的问题，是必须要打。"

7 时 50 分，礼炮兵开始出发，前面警车开路，后面是吉普车拉着礼炮，最后是控制车。他们开出兵营驶上马路，就立即成为一道风景，把行人的目光吸引了过来。

此时正是早晨上班的时间，路上车辆拥挤，行人虽然想让开路却无处躲闪，车队一会儿走便道，一会儿上逆行，绕来绕去地前进着。

车队出发不久，太阳就渐渐地从云中挣脱出来，战士的心情也明朗了许多。车队一进入天安门广场，广场上的游人立即意识到这天有重大的国事活动。

游客们都显得很兴奋，因为他们当中的许多人是第

礼炮中队风采

一次到北京，并且有的人一生可能只来这么一次，然而，他们却幸运地目睹了礼炮兵的风采，赶上了一次难得的迎宾活动。于是，人们追随在礼炮的后面，朝毛主席纪念堂南门拥去。

礼炮车队从纪念堂南门走过，刚刚瞻仰了伟人毛泽东遗体的人们，眼前突然出现了共和国威武雄壮的礼炮部队。人们略显沉重的心激动起来，脸上庄重的神色也很快被惊喜和自豪的表情所替代。

礼炮车队在纪念堂南门西侧集结，礼炮的四周立即站上了威武的警戒哨兵，礼炮兵开始擦拭礼炮。

这时候，有许多游人抓住难得的时机，与礼炮兵和崭新的礼炮合影，为自己留下一生美好的回忆。

在礼炮兵做准备工作的同时，担负清理场地的公安干警和十四支队的武警战士，将广场上的群众劝离到警戒线以外。

夏季和冬季场地的清理范围不同，夏季在纪念堂北边鸣放礼炮，清场范围东边以历史博物馆前的马路为界线，北至长安街，西至人民大会堂，南至纪念堂；冬季，在人民大会堂的东北角鸣放礼炮，东边清场至国旗旗杆一线。

9时30分，礼炮在纪念堂北侧布置完毕，深绿色的礼炮从南到北一字排开，停在大红的地毯上，面向历史博物馆。

由于刚下过雨，广场的地面上还残留着一汪又一汪的水坑。担负连接电源的通信兵仍以标准的动作，跪在水坑里接线。

在这群人当中，被战士们亲切地称为"编外礼炮兵"的吴疆工程师，身着便装，鼻梁上架一副眼镜，仔细地查看每一门礼炮。

一切准备完毕。负责礼炮鸣放的总指挥张德福副支队长坐在控制车内，做最后的工作布置。

控制车内装有礼炮控制仪器，负责按电钮的队长已经坐在控制仪器前。负责联络的参谋正用对讲机与国宾护卫队联系。对讲机发出呼叫，报告着国宾护卫队所在位置。

此时，北京总队就像一个大棋盘，礼炮中队、国宾护卫队，以及负责天安门广场警卫的国旗护卫队和负责路线勤务的其他支队的官兵们，都是这棋盘上的关键棋子，他们为了一个共同目标而协同作战。

9时55分，江泽民主席从人民大会堂健步走出，站在人民大会堂正门东北侧等待客人的到来，三军仪仗队也进入场地待命。

礼炮中队的中队长巴志刚下达了装填礼炮弹的命令。8门炮24名炮手迅速就位。每门炮上3名炮手，一炮手负责开栓，二炮手负责装弹，三炮手负责送弹。第一发礼炮弹上膛后，礼炮兵跪立在炮前。

10时整，土库曼斯坦总统在国宾护卫队的护卫下，来到人民大会堂门前。

礼炮中队风采

江泽民主席走上前去，与客人握手之后，陪同客人走上检阅台。

当江泽民和土库曼斯坦总统踏上检阅台的第一个台阶，站在大会堂门前南侧的打旗兵王延海立即举旗，向站在控制车前的打旗兵示意。

旗举旗落之时，控制车内的大队长按动礼炮控制电钮，同时军乐队奏起国歌。他们每一个动作所掌握的时机都非常恰当，上下流畅，一气呵成。

浑厚的礼炮声震天响，把中国人民的敬意和祝愿送给客人。礼炮每响一声后，在 3 秒钟内，礼炮兵就又装填完下一枚炮弹，动作干净利落，整齐一致。

21 响礼炮打完，用时 110 秒，这个时间就是演奏中华人民共和国国歌和土库曼斯坦国歌所需的时间。

炮停歌歇，礼炮中队和军乐队的配合和谐统一，礼炮中队万无一失地完成了他们的第 415 次礼炮施放任务。

坐在指挥车里的张德福副支队长轻轻地吁了一口气，按电钮的队长也从控制仪器前站起来，与吴疆工程师相视一笑。

江泽民看望礼炮队官兵

1999 年 2 月 10 日，对于共和国的礼炮兵来说，是一个难忘的日子。15 时，江泽民驱车来到位于京郊的十一支队营区。

这天，时任中共中央总书记、国家主席、中央军委主席江泽民专程来到礼炮中队，向官兵们祝贺春节，与官兵们共叙礼炮情结。

贾庆林、曾庆红、罗干、张万年、迟浩田等党和国家、军队领导同志及公安部部长兼武警部队第一政委贾春旺、武警部队司令员杨国屏、政委徐永清等早早来到这里，迎候江泽民一行到来。

礼炮中队的官兵们早已列队在军营门口迎接，和各位领导一起，把江泽民的汽车迎进了营区。

江泽民来到训练场，和前来迎接的官兵们互致问候。在官兵们热烈的掌声中，江泽民走进战士宿舍。

江泽民一一问过战士的姓名、年龄、籍贯和家庭情况后，语重心长地说：

> 部队是一个革命大家庭，你们来自五湖四海，要互相关心、互相爱护、互相帮助。

礼炮中队风采

江泽民的话，战士们牢牢地记在心里。

江泽民又说：

礼炮兵担负的是政治任务，你们不仅要学政治、学军事、学科学文化知识，还要学国际时事。

江泽民问道："你们每天都看新闻吗？"

"我们每天坚持，半个小时听广播，半个小时读报纸，半个小时看新闻联播。"一个战士回答说，脸上荡漾着幸福的笑容。

听了战士的回答，江泽民脸上露出了满意的笑容。

"你们现在使用的是什么礼炮？"

"现在我们使用的是九七式迎宾礼炮，是我们国家研制的新产品。"

"礼炮怎么操作？"江泽民又问。

"我们有 12 门迎宾礼炮，每门炮有 3 名炮手，一炮手负责开栓，二炮手负责装填，三炮手负责供弹。鸣放时，国歌起，炮声响；国歌终，炮声停。"副班长何强回答了提问。

"放礼炮有没有危险？"江泽民接着关切地问。

"没有危险，鸣放由电脑控制。"

"这个好，这个好！"江泽民连连称道。

在和战士们亲切地谈话之后，江泽民走出宿舍，认真查看了中队食堂的主、副食品库。

炊事班长介绍了他们腌制的小菜：雪里蕻、芥菜丝、辣萝卜条、黄瓜。

江泽民一一仔细地看过，他把对战士健康的关心倾注在对伙食每一个细节的关注中。

当天晚饭，官兵们吃得特别香。晚餐后，他们早早来到电视机前，等待收看江泽民到部队视察的新闻。

后来，礼炮兵战士们见到来军营采访的记者便说："来看看咱中队，给江主席报个喜吧。江主席的谆谆教诲已成为干部爱兵的自觉行动，在中队生根开花结果了。"

回忆起那段难忘的时光，排长关鑫的感受最强烈。当年，关鑫是一班长，那天就坐在江泽民身旁，亲历了军委主席和普通士兵心贴心、唠家常的感人场景。"你是哪里人？""当几年兵了？""家里都有什么人？""你们的伙食怎么样？"那情形，就像长辈对后生的关爱，父母对孩子般的亲昵，战士们心里暖融融的。

中队长徐鹏平时十分注意了解兵情，从战士的喜怒哀乐中掌握思想脉搏。在他密密麻麻的日记本上记着：城市兵和农村兵有什么特点、新兵与老兵有什么不同、性格内向的兵与外露的兵的情感有哪些表现等，不仅都有具体事例，而且有分析研究和解决方法。

对于战士为什么有时饭量减少了，为什么有时睡觉翻身多了，为什么有时打蔫、走神了，他讲起来头头是道。他说："江主席的教诲，就是我们努力工作的方向。"

礼炮中队风采

指导员齐国清动情地说："上任第一天，中队党支部就送给我一张江主席与中队士兵在一起的照片，我懂得这份见面礼的意义，工作起来浑身有使不完的劲。"

凡是有士兵的地方，都是江泽民牵挂的地方。江泽民走到哪儿，就把爱兵的话讲到哪儿："爱护士兵是每个军队干部必须履行的职责。""爱兵才能把兵带好。"句句话都透着对士兵深深的爱。

"像江主席那样关爱战士，建好中队带好兵。"这是礼炮中队党支部"一班人"的共同心愿。

战士王建龙，因病住进了卫生队，一日三餐靠送饭。司务长卢志超，不仅安排了"小灶"，还买来了多层保温饭盒。整整8个月，720多次往返，干部送饭风雨无阻。

从中队食堂到卫生队病房，这段千米距离原本没有路，是干部们的脚印踩出了一条小路。战士们说，这路是干部脚踩的更是心铺的。

中队干部爱兵的行动更加自觉。礼炮兵二炮手的职责是装填炮弹，为练就一掌到位的硬功，战士们常常磨破手心。中队干部看在眼里，疼在心上，及时配发了手套。礼炮兵操炮有一个单腿下跪动作，24名队员要整齐一致，这是在千锤百炼中把地面磕出了坑换来的，许多战士曾磕伤了膝盖。为减轻这种训练伤害，干部为战士们买来了防护护膝……

为了学习和实践江泽民的嘱托，一中队党支部反复思考这样一个问题：如何让士兵真正成为中队建设的主人？这是新时代的新课题，更是"三个代表"重要思想在基层建设中的具体体现。

记者走进礼炮中队在开展"争做主人"活动时办起的"民主之家"，细细翻看战士的"进言"，话题之广，数量之多，建议之好，令人赞叹不已。新战士高磊，一人就"进言"115条，为此，他得到了中队的嘉奖。

江泽民看望礼炮兵，犹如春风化雨，士兵成为中队建设的主人，中队面貌焕然一新，连年被上级评为先进中队、先进党支部，荣立集体二等功、三等功各一次。

礼炮中队风采

时间紧迫也要坚持试炮

2005 年 6 月 21 日 15 时 40 分，北京武警礼炮中队中队长关鑫正在办公室里整理个人的资料，突然听见一声敲门声。

"进来。"关鑫放下手中的资料说。

"中队长，有一个紧急电话。让你马上去接。"通信员说。

关鑫迅速跑到值班室。电话是支队司令部打来的。听完之后，关鑫着急了。

原来，支队司令部值班室向他下达了紧急通知：

> 迎接韩国总理的礼宾勤务恢复正常，时间是 6 月 21 日下午 17 时。

本来，这次礼炮勤务上午就下达了，但是因为天气原因而被取消，没有想到此时又被恢复。

关鑫放下电话，在心里盘算着时间。

从推炮到试炮完毕就得需要一个半小时到两个小时时间，从驻地到天安门广场的鸣放阵地也得三四十分钟的时间。但是这一次，16 时通知勤务恢复正常，17 时就要鸣放，其间总共也就是一个小时的时间。

这就要求礼炮中队在这有限的一个小时的时间里，完成平时 3 到 4 个小时需要完成的工作。这样短的时间，在关鑫担负礼炮鸣放任务以来还是第一次遇到。

针对这一特殊情况，关鑫立即向支队值班室作了紧急汇报，并说明了自己的想法。

关鑫建议能不能在这个过程当中减少一些环节，这样能够争取更多的时间。但是领导考虑，为了这次礼炮勤务万无一失，要求每一个环节都不能少，尤其是试炮这个环节。

试炮，就是在迎宾礼炮正式鸣放之前，在驻地对礼炮进行严格的检验、测试并进行实际的鸣放，以防执行正式任务时发生意外情况。

在国际上迎国宾鸣礼炮的响数是有严格规定的：外国元首来访是 21 响，政府首脑来访是 19 响，既不能多也不能少。多打一响或者是少打一响，都会在国际上直接造成影响。如果造成国际性的事件，会直接影响我国的形象。

接到电话后 10 分钟，关鑫按照支队司令部的指示，马上集合中队官兵准备礼炮的试射。

站在队列前，执行官向他报告，有两个主炮手，由于天气炎热，高烧将近 40 多度，可能不能执行任务。

关鑫的心再次提了起来。

在执行礼炮的勤务过程中有 8 门礼炮，每门炮配 3 名炮手。而且在执行勤务过程中，3 名炮手缺一不可。少一个炮手，都有可能影响这个任务的圆满完成，都会出现意想不到的事故。

正当关鑫犯难的时候，两名发高烧的炮手却积极请战，主动要求执行这次勤务。

这两个炮手吃了一点退烧药，就与其他炮手一并到炮库去推炮。

战士们将礼炮推到试炮的阵地，迅速展开，架炮，拉线，测试，并且还搞了一些针对性的训练。

16时整，开始试炮。

试炮的过程中有两道程序。

第一道程序逐炮鸣放，主要是为了检验每一个炮是否处于正常状态，从第一到第八炮一门一门地放6响。

第二道程序是按照在广场鸣放的规格，鸣放礼炮19响，4门炮交替轮放，两门炮为一响。

比如1炮、2炮和5炮、6炮作为一个系统，1炮、2炮为1响，5炮、6炮为1响，这样来回交替。3炮、4炮和7炮、8炮是一个系统，他们在鸣放的过程中，作为一种机动炮。

第一道程序顺利完成。但当进行到第二道程序的最后一响时，由于天气炎热，炮弹弹体膨胀，响完之后，炮管受热，炮弹正好卡在这个炮膛当中。

在紧急情况下，关鑫跑到礼炮的区域进行处置。在处置的时候，礼炮退弹退不出来，只能用手抠。关鑫伸出手去抠炮弹。

在抠的过程中，炮弹从炮膛里掉出来了，正好把他的手指头夹在了炮弹和炮床之间，把手夹坏了。

顾不上手指的疼痛，关鑫立即带领礼炮队员们去换礼宾服装。

换上礼宾服之后，礼炮队员们列队整齐地来到出发地点。

因为任务紧急，武警十一支队政委亲自来动员：

　　同志们！迎国宾鸣放礼炮是我国外交司礼活动的一项重要内容，要求标准高，政治影响大，能否圆满完成鸣放任务直接关系到我国的国际形象和政治地位。这次任务时间紧任务重，希望同志们一定要按照规定的程序操作，确保鸣放任务的万无一失。

16时20分，礼炮车队向天安门广场进发。

车队加大油门，向天安门广场鸣放阵地开进。在开进过程中，平时的车速都控制在40迈左右，此刻，为了赶时间而达到了80迈左右。

此时，关鑫松了一口气，车队一出发，就可以放心了，只要按时到达，按时鸣放，任务肯定能完成。自己的兵"绝对不会在关键时刻'掉链子'的"！

但让关鑫没有想到的是，车队行至和平门，又遇到了堵车。

礼炮中队风采

在回忆这次任务时，关鑫感叹地说：

> 可能是老天对我们的一种考验吧，前面有车辆堵塞，可能出现了交通事故，将我们车队正好堵在中间，往前面过也过不去，往后面退也退不出来，所以当时这个心情也是非常焦急。

此时，离礼炮鸣放的时间仅仅剩下 20 分钟，时间依旧在一分一秒地过去，关鑫和所有队员的心都悬到了嗓子眼上。

一看这个情况，关鑫马上与交通部门和当时负责这一段的交警进行协调。

交警一看是正在执行任务的礼炮中队车队被堵住，立即专门给他们开辟了一条向天安门广场开进的专用道。

关鑫和队员们终于排除了堵车的困扰，继续向天安门进发。车队开到正阳门前面的集结地域，因为需要集结，关鑫命令一个地毯车先开到鸣放阵地，把地毯铺开。

然后，礼炮车迅速开到阵地上，立即展开正式鸣放的各项准备工作，架炮，排弹，拉线，测试。

等准备工作全部都做完后，距正式鸣放的时间还剩下两分钟。

就在礼炮鸣放的准备工作刚刚结束的时候，一个意想不到的麻烦又出现在关鑫面前。

关鑫后来回忆说：

我们跟这个礼炮是直接接触的，它无形当中对人，特别是耳朵，还是有一定的伤害，放的过程中必须要戴耳塞。

但是这次任务因为时间非常紧，也非常重，所以说当时我考虑到为了能够及时地听见上级的口令，并且及时将这些口令、将上级的命令传达给部队，自己也没有戴耳塞，以便保证这次任务的安全。

但是恰巧的是这次没有戴耳塞，却引来一件小事儿，当时一个小飞虫正好飞到自己的耳朵里。

这个虫子在耳朵里，因为它钻进去以后，它要在里面动，所以又痒又疼，但是没有办法，在天安门广场，为了维护形象还不能动，也不能用手抠，也不能晃晃脑袋动一动，所以只有忍耐着那种搅心的痛，仍然在坚持着。

忍受着搅心的疼痛，关鑫继续指挥礼炮鸣放。17时整，礼炮准时鸣放。

前两发礼炮刚刚打响，意外情况再次发生。

在鸣放的过程中，本应该是1炮、2炮先响，5炮、6炮后响，由于控制系统出现连电现象，5炮、6炮却先响了。

礼炮中队风采

在这种情况下，1炮、2炮的炮手以为自己的炮响了，就将自己的炮弹退了出来。

站在一旁的关鑫看到了这个细节，沉着指挥，迅速向1炮手和2炮手发出了装弹指令。

1炮手和2炮手反应非常灵敏，迅速将手里的炮弹装入了炮膛，几秒钟的时间内完成了开栓和装弹的任务，赶在信号来之前将炮弹装入了炮膛，保证了这次任务的完成。

小记者采访礼炮中队

2005 年 10 月 30 日，北京华严里小学的陈彦宏、郭雷和陈思佳 3 个中华小记者来到礼炮中队采访。

当他们 3 人来到"国家礼炮队"的基地时，专为他们准备的 9 人表演分队已经排列整齐地站在广场中央。只见战士们 3 个人一组，站在礼炮后，一个个军姿严整，显得格外高大、英俊、威武，俨然是在为外国元首表演。

"平时就是战时"的良好军人作风，给小记者们留下了深刻的印象。

3 个小记者立刻拿起照相机和摄像机忙着进行拍摄，跑前跑后地忙个不停。

这时，中队长笑着问小记者们："你们准备好了吗？我们要开始表演了。"

小记者这才发现，战士们早已各就各位，准备表演了。只见中队长一声令下，每组的 3 位战士立即跑到自己的礼炮前，各就各位、各司其职：一个战士站在礼炮旁，负责递炮弹；另一个战士跪在礼炮旁，负责装炮弹；还有一个战士站在礼炮旁，负责开栓、打响礼炮。

看见战士们整齐的步伐、矫健的身姿、熟练的动作、完美的表演，小记者们羡慕的心情溢于言表。

表演结束后，小记者们开始采访其中的 3 位炮手。

礼炮中队风采

这时他们才知道，负责开栓的战士叫做炮手，装炮的战士叫做二炮手，递炮的战士叫做三炮手。

经过战士们讲解，小记者们了解到，不同的场合采用不同用途的礼炮，刚才表演时用的礼炮是中国自己研制的礼炮，是第五代"九二式迎宾礼炮"，它的声音特响、外观又漂亮。

当小记者问战士们参加炮兵连后，让他们最难忘的是什么时，让小记者们没想到的是，他们的回答都一样：

第一次参加实战礼炮表演的时刻，激动、紧张、兴奋、幸福、自豪！

因为，我们"国家礼炮队"是专门为来中国访问的外国国家领导人服务的部队，我们"国家礼炮队"队员的一言一行均代表着中国的尊严和中国军队的形象。

为了完美地完成每一次礼炮任务，我们平时必须进行非常苛刻的训练，这里面的苦一般人是难以想象和承受的！

小记者们又采访了刚才发令的中队长。

小记者问："参加炮兵连都需要什么样的条件呢?"

中队长说："首要的条件是军政素质过硬、文化修养过关，然后就是外在条件了。如果要当礼炮队员，身高必须达到 1.75 米以上，而且外表要端庄、英俊，也就是你们讲的'酷'。所以，你们一定要认真读书，有了文化知识和健康的体魄才能为祖国服好务！"

礼炮表演后，小记者们在指导员的带领下，又来到了战士们的房间参观内务。

一进房间，小记者们就真的被"镇住"了。

整个房间整洁、漂亮。书架上摆满了书刊，书桌上还有电脑，简直不像军营，好像教室。每个床上的被子就像豆腐块一样，叠得方方正正。衣柜里的衣服也叠成方块摞在一起。

想到自己叠被子的样子，小记者们担心其中有"猫腻"，就要求战士们打开被子和衣服。一位战士当场为他们整理被子和衣服，前后才 3 分钟。小记者们这才知道，在这些衣服、被子里面没有纸板叠着，完全是真功夫！

参观完内务后，小记者们又来到了"国家礼炮队"光荣室。这里的无数个奖状和锦旗，更是让他们大吃一惊！为外国元首表演、抗洪救灾、植树造林、拥政爱民、校外辅导员的照片布满了光荣室。

小记者们感叹地说：

> "国家礼炮队"虽然只有在重要活动和外宾来的时候才放几响礼炮，看似平凡，实质礼炮兵真伟大！他们那种中国军人爱国爱民、精益求精、一丝不苟的精神是值得我们学习的。

礼炮中队风采

为北京奥运会添花增彩

2008 年 8 月 8 日晚，北京奥运会开幕式在国家体育场隆重举行。朵朵礼花染红了北京的夜空，凝聚起亿万颗爱国之心。

夜空中，一个隐形的历史巨人迈着矫健的步伐，在北京古老中轴线上空铿锵前行。

在巨人走过的地方，29 个"脚印"在夜空中幻化出飞泻而下的点点繁星，30 多米高的"银色瀑布"沿鸟巢边沿倾泻而下……

鸟巢中的观众们惊呆了，前来观看的美国总统布什惊讶地说：

这简直让人难以想象！

在遍布市区的礼花施放点上，礼花兵们操纵着新式礼炮，为中国百年奥运的梦想增光添彩。

说起现在的新式礼花发射矩阵，老"礼花兵"余林卿深有感触地说：

当年，礼花炮都是纸筒子，炮弹像足球，操作时要套上厚实的防护服，稍不留意就有可能受伤。

　　奥运会的成功举办，向全世界展示了一个更加强盛、和谐、自信和包容的中国，这些都得益于30年改革开放的成果，国家强大了，我们手里的"武器"科技含量提高了，官兵们不仅要有强健的体魄，还要有丰厚的理论素养。

　　这次发射矩阵就使用电磁阀空压发射技术，弹药里安装了可以控制轨道的芯片，不仅打出了带有浓郁中国文化的图案，就连烟花都用了低污染无烟发射药剂。

　　为了在这个举世瞩目的时刻完成历史性的任务，礼花兵们付出了常人难以想象的艰辛。

　　北京的盛夏骄阳似火，地面温度达到40多摄氏度。在人们都在找个凉快的地方避暑的时候，礼花兵们却在高温下重复这简单、枯燥的动作。

　　几千次的装填，数万米的跑动，礼花兵们的汗水几乎打湿了训练场上的每一寸土地。

　　一个战士登车时，因为腿极度疲劳，没使上劲，一下子从一米多高的车厢上摔了下来，后背重重地撞在坚硬的水泥地上，几乎背过气去。但他只在地上深吸几口气，就又飞身登上车厢，继续操练起来。

　　一个战士的手被夹破了，又红又肿，手指几乎不能回弯，但他只是简单地揉了一揉，就又拿起礼花弹装填。

礼炮中队风采

与三军仪仗队不同的是，礼花兵永远都只能是幕后英雄。当五彩缤纷的礼花在夜空中绽放的时候，人们看到的只是赏心悦目的焰火，却看不到在烟火四溅的阵地上辛勤劳作的礼花兵们。

但是，礼花兵们并没有因此而消沉。在他们看来，只要是为祖国奉献，就是最光荣的事情。

礼花官兵用心血和汗水，铸就了礼花卫士的忠诚。

五、 光荣来自奉献

● 赵树建却假装说："小虫子飞到眼睛里去了。"说着，慌忙用手擦去泪水，还要把电报藏起来。

● 乡亲们听了，都啧啧称赞说："咱山沟里出了个礼炮兵，真是山窝里飞出个金凤凰啊！"

● 老父亲长叹一声说："俗话说，上跪天，下跪地，中间跪父母。你一个堂堂男子汉，又是光荣武警，哪能天天给礼炮下跪呢？这要传到村子里，我这张老脸往哪儿放呀？"

副队长心系部队舍小家

礼炮中队在 1984 年组建后，接到的第一个礼宾勤务任务，是为迎接中曾根首相访华而鸣放礼炮。为完成好这个任务，副队长赵树建带领战士们全身心地投入到了训练当中。

这天，赵树建接到了老家发来的一封电报，电文上说，他 50 多岁的父亲不幸在车祸中身亡，催他立即回家。

接到电报，赵树建心如刀绞。父亲辛苦一辈子，把自己抚养成人，成为光荣的礼炮兵，父亲却命丧车轮之下，赵树建怎能不心碎。握着电报，赵树建泪如泉涌。

中队领导看到这个平时流血也不流泪的汉子满脸泪水，连忙问是怎么回事。赵树建却假装说："小虫子飞到眼睛里去了。"说着，慌忙用手擦去泪水，还要把电报藏起来。

中队领导看出了问题，一把拿过电报，一看，才知道家里出了大事。"你还隐瞒什么！还不回家去看看！我批准你的假，赶紧回去吧！"

赵树建听了，却说出一番让中队领导也流泪的话。

"这个关键的时候，我不能离开部队！"

赵树建想，中队的战士都在为礼炮中队组建后的

"第一炮"而紧张地训练，自己作为中队的一名干部，在这紧要关头脱离中队去料理个人私事，无法对战士交代。

中队领导听了，沉痛地低下了头。作为军人，牺牲岂止是在战场上，为了祖国，牺牲的又何止是自己的生命呢！中队领导紧紧握住了赵树建的手，眼睛里闪烁着泪花，想要说什么，赵树建却说："不用说了。我是军人，军人就要奉献。"

于是他给家里发了电报，把泪水咽进肚子里，把悲痛融入到紧张的训练中。

当中曾根为共和国的礼炮而"五脏六腑都翻滚时"，当国内外的媒体惊喜地发现天安门广场上再次鸣响礼炮时，赵树建的心中虽然也有一丝喜悦，但更多的是对老父亲的愧疚。

在寂静的夜晚，赵树建穿着礼宾服，站在礼炮前，向着家乡的方向，向天上的老父亲敬了一个军礼。

迎接中曾根的礼炮还在人们心中回荡，礼炮中队又开始了为迎接 35 周年国庆大典鸣放礼炮的紧张训练。

这时，赵树建的妻子来到部队看望自己的丈夫。按说，一家 3 口能在北京相聚实在是件高兴的事情，但赵树建却高兴不起来。部队正在训练，哪有时间照顾她们娘儿俩啊！

为了集中精力搞好礼炮训练，他把来队的妻子和不满两个月的女儿送回老家。然而，祸不单行，灾难再次降临到赵树建身上。

光荣来自奉献

在回家的路上，由于车多人挤，他不到两个月的孩子夭折了。

痛失父亲后又痛失爱女，赵树建几乎晕了过去。中队领导不再"容忍"了，坚决让赵树建回去。赵树建这才匆匆收拾了一下，坐火车回到了家乡。到了家才知道，妻子因为打击太大，已经疯了……

家里已经乱成一团。赵树建的母亲得知后，当即昏倒在地。岳母得知后几天几夜不吃不喝。他的妻子由于过分悲伤，造成间歇性精神分裂症，整天哭喊着孩子的乳名。

看到妻子散乱着头发，赵树建语无伦次地喊："老天爷呀，开开恩吧，放回我的孩子吧……"他柔肠寸断，紧紧把妻子搂在怀里，心疼得说不出话来。

后来，妻子发展到要自杀的地步，赵树建不得不每天都要看护她。

即使在这种情况下，赵树建惦记的依然是礼炮中队的训练，仍然要赶回去。

虽然家里遭受如此大的灾难，礼炮兵赵树建还是担心共和国的国庆大典。在他心中，国家是"大家"，自己的小家算得了什么呢？在安排了一下后，他把自己想回到部队的想法告诉了家人。不出所料，家人都反对他回去。

在他准备归队的头两天，岳母做了他半天的工作，希望他能留下来照顾妻子，当看到他执意要走的时候，岳母气愤地说他心肠太狠。

他的母亲也拉着他的手说："孩子，娘求你了，这个兵咱不当了还不行吗？"

街坊邻居得知后也都劝他，就连他妻子单位的领导出于对员工的关心，以组织的名义，也要求他留下来稳定妻子的情绪。

其实，赵树建看到妻子的病情一天天加重，心里也是又急又疼，他也知道自己留下来对妻子和母亲都是一种安慰，但是他别无选择。作为军人本身就意味着牺牲，何况他的身上正肩负着共和国国庆大典的历史性重任。

最后，他说服了母亲，把爱人交给她单位的几个女同事照料。

在动身的那天早晨，赵树建怕母亲伤心，想悄悄地离家而去，可他没想到母亲半夜就起来了，已经为他准备好了路上吃的。

离家时，赵树建想安慰妻子几句，却见不到她的影子。当他坐上长途车路过村西头时，发现妻子正趴在孩子的坟头上痛哭。

1985年底，赵树建的妻子又来到部队，这一次他下决心要多体贴她，带她去大医院治病。

然而，恰在这时候，外交部为礼炮中队更换了新式礼炮，中队要立即对新礼炮进行操作验收，他们要在最短的时间内学会使用新式礼炮。

于是，赵树建又整天忙在训练场上，一连几天没有和妻子在一起吃饭，晚上也总是半夜才回家。妻子一气之下，自己偷偷乘车跑回了老家。

部队领导对赵树建家庭的困难看在眼里，记在心上。

1986年底，部队领导专门安排他回家把妻子接到北京治病，并耐心给她讲礼炮的由来和礼炮在我国外交礼仪中的重要作用，以及礼炮中队战士们的感人事迹。

在部队领导的关怀和医院的精心治疗下，赵树建妻子的病一天天好起来。在她离队的时候，她一边拉着赵树建的手，一边抚摸着礼炮说："你要多给我争得一半军功章。"

赵树建没有让妻子失望，他在一年多的时间里，为她两次争得了"半个"军功章。

山沟里走出来的礼炮兵

礼炮中队的战士小胡是一个来自山沟里的小伙子。从山沟里走出来就成为礼炮兵，站在天安门广场上为共和国的国宾鸣放礼炮，成了他感到最为光荣的事情。当兵没多久，他就把自己的情况写信告诉了家里。

当家里人得知他当上了礼炮兵后，小胡的老父亲感到十分自豪，逢人就讲："我儿子在北京当兵，为迎接外国领导打礼炮，隔三差五就能到天安门逛逛。"

乡亲们听了，都啧啧称赞说："咱山沟里出了个礼炮兵，真是山窝里飞出个金凤凰啊！"

有人好奇地问小胡的父亲："你儿子打的礼炮是啥样子啊？给国家领导打的炮，一定很大吧！"

小胡的老父亲也没见过，觉得这个人说得有理，就笑着说："那是当然，肯定小不了！"胡老汉的皱纹都笑开了。

一个愣头青说："啥礼炮啊！还不跟过年放的大炮仗差不多……"

胡老汉听了，马上就不高兴了："给外国领导放的礼炮，哪能跟炮仗一个样呢？你个小屁孩竟瞎说……"虽然心里不高兴，可胡老汉心中也很好奇，这国家的礼炮到底是个啥模样啊？

光荣来自奉献

胡老汉为了亲眼见识一下"儿子的礼炮",他背上干粮进京,来到了儿子所在的部队驻地。

小胡一见父亲来了,高兴地给父亲讲中队里的事情。父亲微笑着看着晒黑的儿子,心里充满了自豪和骄傲。他说:"你一定要好好干,不能给咱家丢脸啊!最重要的是,不能给国家丢脸啊!"

"嗯,我不会的。我代表咱国家,这个人可丢不起啊!"小胡坚定地说。

"我除了看你,还有个事情,想看看……"胡老汉担心看礼炮让儿子为难,一时不敢说出口。

"想看啥啊?"

"要是不违反纪律,我想看看你们的礼炮。"胡老汉小心翼翼地说出了自己的想法。虽然面对自己的儿子,但他知道,儿子这个时候代表的是国家。

小胡一听笑了:"那有啥难的,礼炮就是给人看的,我跟领导说一下就行了。"

经过请示,小胡还领着父亲走到了礼炮前。胡老汉睁大了双眼,看到了梦中怎么也没看清的礼炮。

高昂的炮筒,结实的护盾,张开的炮锄,闪亮的炮栓……墨绿色的礼炮像一个威风凛凛的礼兵,矗立在操场上。

胡老汉禁不住伸出那双粗糙的大手,上上下下、左左右右把礼炮抚摸个遍。看着看着,胡老汉眼里闪出了喜悦的泪花:"好,好,好啊……"

此时，胡老汉心中已经不仅仅为自己的儿子骄傲了，他开始为国家的富强和繁荣而感到骄傲。

中队实施操课训练时，好奇的胡老汉也要看个究竟。他站在操场边上，目不转睛地看着自己的儿子和他的战友们训练。

战士们的动作刚劲有力，整齐划一，军人的威武和刚健在一招一式中表现得淋漓尽致。胡老汉看得心花怒放，脸上乐开了花。

可是，当小胡和其他几组炮手按照规定，从 8 米处的取弹点起步前进，单腿跪地，将炮弹转给二炮手时，胡老汉的眉眼一下子就扭曲了。他没有吱声返回了宿舍。

胡老汉回到宿舍，心里反复琢磨着一件事，坐卧不宁，最后，跑到窗子跟前瞅着，盼着儿子早点回来。

儿子回来了。胡老汉看到小胡迷彩服的膝盖处已经被磨烂。胡老汉这才明白地上怎么会有那么多坑。想到炮位边那个圆形的小坑，竟是儿子的膝盖一点点砸出来的，他越想越心疼。

"儿子，这个兵咱不当了，行不?"

小胡睁大了眼睛，以为耳朵出了毛病，可父亲说得真真切切。

"这个兵听起来光荣，看起来丢人啊!"老汉连连叹息。

"究竟掰了哪根筋?"小胡也糊涂了。

老父亲长叹一声说:"儿子，男儿膝下有黄金，这世界上哪有练'跪'的部队呀！俗话说，上跪天，下跪地，中间跪父母。你一个堂堂男子汉，又是光荣武警，哪能天天给礼炮下跪呢？这要传到村子里，我这张老脸往哪儿放呀？"

小胡听了哭笑不得，这是操炮的规定动作啊！于是他就给父亲解释，可是胡老汉怎么也不理解，怎么给外国领导放礼炮还得跪着。俗话说，有理不打笑脸人。这都解放这么多年了，怎么对人家好还得跪着！

战友们得知了小胡父亲的心病，都不约而同来到了老汉面前。他们用实际行动向胡老汉解释。

一个战士挽起了裤腿，又一个战士挽起了裤腿，每个人的膝盖上都有一片褐色茧区。

小胡的排长说："单腿跪地是鸣放礼炮的一种操炮动作，正是这种谦虚礼让的跪姿，展示了国威警威，展示了中华民族礼仪之邦的伟大形象。"

老汉觉得这个肩扛黄牌的孩子说得有理，也就不说什么了。

军嫂意味着付出和责任

王换存是原礼炮中队排长王红强的妻子。

为了让丈夫在部队安心工作，王换存用瘦弱的双肩挑起了家庭生活的重担。在老人眼中，她是一个好儿媳，在丈夫眼里，她是一个好妻子，而在战士们的眼里，她是一位好嫂子。

从相恋到结婚的 8 年时间里，王红强没给王换存过过一次生日，还由于工作原因曾 3 次要求推迟婚期。婚后，夫妻分居两地，王换存在家中洗衣做饭，孝敬老人，独自操劳家务，从来没有一句怨言。

一次，王换存患感冒导致肺炎住院输液，独自躺在病床上默默流泪，但听着丈夫打来的电话时，她还是平常的那句话：

> 家里很好，一切平安，你好好照顾自己，
> 努力工作，别担心我。

王换存知道，嫁给了军人就意味着嫁给了付出和责任。

怀着对丈夫的理解，王换存逐渐爱上了丈夫的事业。她喜欢听丈夫讲中队里的故事，喜欢听中队里战士唱的

光荣来自奉献

军歌。

到中队探亲的时候，王换存最喜欢做的事就是和战士在一起拉家常，顺便还帮着战士洗衣服，缝缝补补。每当王换存到部队时，绿色的军营就荡漾起一种家庭特有的温馨。

新战士小赵因为自幼受家庭影响，性格内向孤僻。在礼炮训练中手磨破了，膝盖也肿了，却没人诉说内心的苦闷，因此情绪有些低沉。

王换存知道后，特意把小赵叫来一起吃饭，送给他一本《理想与人生》，鼓励他克服困难。

当冬季第一场雪洒落北京时，小赵收到了王换存邮寄过来的毛衣。

小赵抚摸这暖融融的毛衣，禁不住激动地流下了热泪，他说：

> 我长这么大，在收到的所有礼物中，这件是最好的！

王换存听说中队文艺器材少，就和丈夫一起省吃俭用，攒出 500 元捐给中队。一名战士家庭负担过重，她就把准备买衣服的钱掏了出来……

王换存的举动感动了中队里的所有战士。战士们亲切地称她是中队的"编外指导员"。

在妻子的支持下，王红强一心扑到工作上，他所带的排连续被评为先进排，两名战士荣立个人三等功。

在中队经验交流会上，王红强道出了心里话：

我的工作和进步离不开妻子的理解与支持。

有人问王换存有没有后悔自己当初的选择，她笑着说：

当军嫂给我带来了荣耀，也教会我自强、自立，我感到非常幸福。

光荣来自奉献

在礼炮声中成长

贺艳芳的父母是个体户，家中有几十万元的资产。小贺当兵的第二年，他父亲就专程驱车到中队来劝儿子早点退伍，好回去帮助分管一些业务，并且对儿子讲："只要你自己同意走，领导那里的工作我会做通的。"

做父亲的当然是出于好心，可他并不理解自己的儿子。小贺到底也没顺从父亲，晚饭都已摆上桌子了，可父亲气得一口饭没吃，便连夜驱车走了。

小贺当时心里也很难过，但他又不可能向父亲妥协。事后，他在给父亲的信中写道：

> 父亲，您就原谅儿子一次吧，我还年轻，也许今后还有机会当经理、厂长，但要是再想当兵，特别是当一个礼炮兵，那是绝对不可能的了。是的，生活中不能没有金钱，但人生的意义绝非是金钱所能包含得了的……

在后来的一些信中，他还给父亲讲战士王荣刚的经历。他告诉父亲说：

> 我们中队有个战士，他是孤儿，他一无所

有，但他又很富有，很充实，因为他的胸前有
三枚金光闪闪的军功章。

同样是年轻人，同样是礼炮兵，但小王承担着内心
的痛苦，取得了骄人的成绩，这让家庭条件非常优越但
又十分好强的小贺心中不服气。

小贺与小王展开了竞赛，训练场上你追我赶，训练
场下暗中较劲，终于，小贺也取得了很好的成绩。1996
年，小贺还光荣地加入了中国共产党。

据不完全统计，礼炮中队还有 14 名战士家里条件比
较优越，但他们当中大都自愿超期服役。几年来，也许
他们失去了一大堆金钱钞票。但他们都很庆幸自己的选
择，他们认为，祖国与钞票不可同日而语。

有一天，礼炮中队来自山西的战士王荣刚特地借了
一个录音机放在训练场上，录了一盒隆隆的礼炮声。没
事的时候，小王便拿出来听，而且听得那么认真，像是
跟炮声融为一体了。

王荣刚很小的时候就失去了父母，他是在孤儿院里
长大的，从来不知道自己的生日，别人爱听音乐，而他
却有点怪，特别愿听那震耳欲聋的礼炮声。

不过，小王爱听炮声的习惯也遭到了一些战友的白
眼。贺艳芳是最反对的，因为他们床挨着床。所以，只
要小王一打开录音机，放出那"嗵嗵"的炮声，小贺保
管甩出一句："毛病。"

光荣来自奉献

小王不管那个："什么毛病不毛病的，我愿意。"

"愿意就行啊？"

"那没办法，你不爱听可以把耳朵堵上……"

两人常常为这事争论不休。后来，小王也不跟他磨嘴了，索性把头蒙在被子里头听。

王荣刚之所以如此，是通过炮声的间隔与频率琢磨自己的操炮动作。经过苦心钻研和艰苦训练，他的操炮动作以及快速反应程度比一般人都强。因为这个原因，他当兵 4 年，3 次荣立三等功。

但是，作为孤儿，王荣刚从来就不知道自己的生日，所以，干脆他就把自己的生日定在 3 月 2 日中队接受礼炮任务这一天。

他说，自己是在礼炮声中成长起来的，所以，每一次接到立功喜报，别人往家邮，而他却恭恭敬敬地把它贴到中队的荣誉室里，以此作为他一个孤儿为祖国母亲争光的永久性纪念。

危急时刻舍身快速排险

1994 年 9 月 14 日晚，礼炮中队向 45 周年国庆筹委会汇报演练礼炮鸣放。

操场上灯火通明，战士们整齐划一、干净利索的动作，丝毫没有打动筹委会的人们，在他们看来，这些千锤百炼的动作是应该整齐的，关键是礼炮能否打得响、打得好。

在这个关键的时刻，战士们都拿出了全身的力气和百倍的精神表演。这不仅关系到自己能否参加国庆大典，还关系到武警部队的荣誉。

班长杜建军刚打了一发弹，第二炮就发生了机械故障，炮弹被卡住。杜建军毫不犹豫地伸手去抠炮弹的底座，用力把炮弹抠了出来。然而，就在炮弹退出的同时，炮栓弹起，正好卡住了他的 3 个手指头。

杜建军疼出一头冷汗，用力一拽，殷红的血瞬时就从指缝间滴下来。他顾不得去擦，用带血的手快速装填炮弹。刚把炮弹装进炮膛内，紧接着炮就响了。这一连串的动作是在 4 秒钟内完成的。

被鲜血染红的白手套落入了筹委会同志的眼睛里，他们被感动了。有这样顽强的战士，礼炮鸣放一定会成功。果然，这次礼炮鸣放十分成功。

光荣来自奉献

像这样在危急时刻不顾个人安危处理情况的事情，在礼炮中队不是少数。

1986年以前，礼炮兵们使用的炮弹，炮弹壳内装的是火药和锯末。这样的炮弹声响不错，比较有气势。但是，如果在执行任务时遇上逆风就麻烦了。

炮响之后，由于风力作用，少量锯末会留在炮膛里。当第二发炮弹发射后，残留的锯末会挤住膨胀的弹壳，这样，弹壳就会在弹膛内推不出来，直接影响下一发炮弹的装填，而这期间仅仅只有三四秒钟的时间，容不得半点犹豫。

遇到这样的情况，在崇高的责任感的驱使下，礼炮兵们不管炮膛内有多么滚烫，总是将手伸进去用手指拼命往外抠。

手被烫伤了，手指被揭了指甲，他们似乎都毫无知觉，等完成了任务，坐在返回的车上时才感到疼痛。

班长刘广图在一次执行礼炮任务中，由于礼炮发生故障，他右手食指指甲被整个挤掉了。

在国庆40周年鸣放礼炮时，他操作的礼炮在打完第二发后又卡了壳，弹壳不能自动弹出。他不顾弹体90多度的高温，在鸣放装弹的两秒钟内，硬是用手将弹壳抠了出来。

最容易出现险情的还是礼花鸣放。

在国庆40周年的礼花鸣放时，由于礼花弹质量不好，弹体不规则，有一枚刚入炮口一半就卡住了，导火索"嘶嘶"地冒着白烟，而从擦火到爆炸升空只有 5 到 7 秒时间。

而此时，炮后就堆着 200 多发炮弹，旁边还有 11 名战士正在鸣放礼花。如果这颗花弹在炮口爆炸，后果不堪设想。

情况万分危急！

安全员王义看到了险情，就在花弹即将爆炸的瞬间，他一个箭步冲上去，举起右手对着炮口连砸 3 下，将花弹砸入炮筒，然后迅速转身低头。

他刚一转身，就听轰的一声，礼花弹腾空而起，一朵绚烂的礼花在夜空中绽放。

事后，有人问他："如果你还没有把礼花弹砸进炮筒的时候，花弹就爆炸了怎么办？"

王义回答说：

> 我没想那么多，我想到的就是无论发生什么情况，都必须保证礼花鸣放成功，为了完成任务，可以不惜牺牲一切。

在执行鸣放礼炮的任务中，礼炮兵怀着一种高度的责任感，处处认真谨慎，从不敢疏忽大意。因为他们知道，自己的举动，直接关系到祖国的荣誉和尊严，任何一点疏漏，都可能给国家造成不可挽回的损失。

因此，他们在每次鸣放礼炮前，都要认真地试炮和

光荣来自奉献

检弹，每门炮、每发弹都要检查到，并进行试装，炮和弹检查合格，立即封存。

1987 年 1 月，在一次试炮中，有 8 门炮竟打不响，他们反复地检查，终于发现是击针偏低的原因，及时排除了故障。

1988 年 9 月，炮手张京生在一次检弹中，发现一枚炮弹的封口钢板没有开口槽，立即向中队报告。

事后，礼炮弹的厂家说，这种情况非常危险，由于封口钢板没有开槽，弹内气体很难冲开。这样一来，要么会冲开弹口固定箍射出炮膛，要么会冲破弹壁造成炸膛，后果不堪设想。

在礼炮中队的历史中，涌现出一批又一批为了共和国的礼仪事业忘我奉献的官兵，他们用自己的实际行动践行了一名礼炮兵"视祖国荣誉高于一切，视礼炮事业重于生命"的铮铮誓言，他们无愧于祖国和人民的厚爱，他们无愧于这个英雄的"大功连"。

礼炮中队的"标杆干部"

1996年2月，礼炮中队第七任中队长巴志刚和指导员贾学奎一起调进礼炮中队。

当时，礼炮中队由于种种原因，有点走下坡路，组织上派他俩去就是要使礼炮中队振奋起来，继续发扬光荣传统，为武警部队争光。

两个人到任后，都立下了誓言：

> 中队搞不上去，就不找对象，集中精力抓中队建设。

他们连续两年没有回家，等到中队被评为"标杆中队"后，指导员已经30岁，巴志刚也29岁了。

巴志刚出生在一个军人家庭，父亲曾是新疆军区独立团团长，姐姐和姐夫也都是军人，他妻子也是出生在军人的家庭。

巴志刚当兵到了礼炮中队时，父亲就很高兴，鼓励他刻苦训练，为国争光。父亲从他的信中得知礼炮中队训练的艰苦时，就写信鼓励他，还给他讲自己当年的故事，说当年他们搞打坦克演习，经常是饿着肚子，但是照样冲上去，这就全凭着一种精神。

光荣来自奉献

父亲的支持，让巴志刚干劲十足，一直干到了中队长。父亲得知他当了礼炮中队的中队长后，对老伴说："咱们的后代比咱们好，你虽然吃了些苦也很值得。"

巴志刚的父亲当兵时很少顾家，巴志刚的姐姐出生后快两年了，父亲才看到自己的女儿，巴志刚的母亲患病因不能及时治疗留下了后遗症，因此他的母亲常常埋怨他的父亲。

后来他的母亲才发现，巴志刚和他的父亲一样，他29岁时才在父母的强烈要求下找了对象。

1997年12月20日，巴志刚回去结婚，只在家里待了7天，当天刚进了洞房，第二天拔腿就走。

妻子埋怨说："他结婚像完成任务一样，进了洞房就胜利了。"

巴志刚之所以抛下刚进门的妻子，急着赶回中队，是因为有比结婚更重要的任务。他要带领战士们为1998年春节鸣放礼花。

虽然巴志刚的妻子很想念他，但也非常理解他。她心里虽然想让巴志刚回去继续度蜜月，却从来不说，反而每次来信都是嘱咐他把心放在中队的事上。

对自己的终身大事，巴志刚这样说："其实我们中队每个干部都很自觉，从没有因为个人私事影响中队的工作，要说家庭有困难，还要数指导员，但他从不吭声。"

说起指导员，巴志刚敬佩地说："他是我当新兵时的班长，我们俩配合工作，他处处给我做出了表率。"

指导员是 1997 年 5 月 1 日结的婚，当时中队正在加紧训练，准备为香港回归鸣放礼炮，由于时间紧张，指导员就在训练场上举行了自己的婚礼。

但是，指导员的妻子却没有一点怨言，因为她也是一名军人。

沿着礼炮中队历任中队长、指导员的足迹寻找下去，就可以看到礼炮中队的历史上，因为执行任务而推迟婚期的人早有先例。

在礼炮中队刚刚组建时，第一任指导员于志加就推迟了自己的婚期。

那时，中队要打好第一炮，队领导们的工作都十分繁忙，因为队伍刚刚组建，干部也不多。工作多，干部少，只好一人多用。

为此，指导员于志加已经两次推迟婚期了。父母急眼了，干脆也不跟他商量了，跟亲家一合计就把结婚的日子定在了 3 月 22 日。

于志加是河南新乡人，按照家乡的风俗习惯，结婚日子一旦正式定下了就不能再变，迷信说法是"挪一挪死婆婆，动一动死公公"，所以说变了就不吉利了。

可是，几位老人不知道，这个日子恰恰跟中曾根来访相差两天时间，中队要担负鸣放礼炮任务。

一边是个人的终身大事，一边是国家的迎宾大事。家事国事赶到了一起，哪头重，哪头轻，于志加心里是清清楚楚的。于志加没有多想，毅然选择了留在岗位上。

光荣来自奉献

正是因为有了这样一批舍小家为大家的好干部，礼炮中队一直保持了荣誉，并取得不断进步。

自 1984 年以来，中队曾多次荣立集体二等功，10 多次荣立集体三等功，还连续被北京市委评为"精神文明先进单位"，被总队、支队评为先进党支部，并被武警总部授予"过硬的礼炮中队"的称号。

参考资料

《军旗下的铁甲雄狮》陈辉著 金城出版社

《首都卫士》衣向东 巴根著 解放军文艺出版社

《中国特警部队秘闻》张棻 王慧编 北京出版社

《共和国金盾秘录》于辉编 团结出版社

《中国革命史丛书》郭军宁编写 新华出版社

《共和国开国岁月》张国星 何明著 中共党史出版社

《风云七十年》郭德宏主编 解放军文艺出版社

《走向现代化的人民军队》黄宏 程卫华主编 人民出版社

《共和国军队回眸》杨贵华 陈传刚编著 军事科学出版社

《新中国军旅大事纪实》张麟 程秀龙著 湖南人民出版社

《中华人民共和国军事史要》本书编委会著 军事科学出版社

《中南海三代领导集体共和国军事实录》蒋建农主编 中国经济出版社